方寸之地

五五詩體一百首

序　方寸之地的詹澈聲勢

蕭蕭

壹、誰也約制不了的駿馬一匹

一、

濁水溪畔的沙埔地、西瓜寮，不能限拘他。

八七水災可能沖壞了一些龍王廟、非龍王廟，沖毀了彰化的田園、山園疆界，但是也沒能沖倒他。

二、

台東、蘭嶼的青黃稻野、蔚藍海岸，那麼長那麼開闊，無法綑縛住他。

三、

凱達格蘭人道那麼寬敞、總統府前那麼多鐵蒺藜，卻也約制不了他的馳騁——地平線是虛擬的，他卻真認為，海峽中線也是虛擬的。

四、

他是詹澈（詹朝立，1954- ）。

五、

　　他的詩〈方寸之地〉告訴我們，他的已逝的父親詹茂城日日夜夜在西瓜園四周堆疊石頭，這城垛的圍城，曾經是風沙刺眼時含著淚水的，他的詩的夢土與堡壘。

貳、活力旺盛如野草蔓生於大地

一、

　　詹澈，台灣黨外雜誌《春風》、《夏潮》的「風潮」鼓動者，上世紀七○年代自外於三大主流詩社（創世紀、藍星、笠）的《草根》、《詩潮》的詩刊同仁。這兩句話所共同強調的只有一個字「外」，城外、郊外、野外、體制外。

二、

　　他的職稱、職位、職責繁多：台東地區農會推廣股長、會務股長、供銷部主任、企劃專員，台東縣政府文化局、民政局、旅遊局專員，台灣農權運動發起人，台灣農民聯盟第一屆副主席，台灣農漁會自救會辦公室主任，財團法人國家政策研究基金會顧問，任務型國大代表，台灣區雜糧發展基金會專員，台灣區蠶業發展基金會執行長，同時也是台灣藝文作家協會理事長、時代評論雜誌及新地文學季刊總編輯、台灣新希望促進會理事、上海華東師大兩岸關係與區域發展研究所特約研究員……

三、

　　他寫詩，曾獲第二屆洪建全兒童詩獎、第五屆陳秀喜詩獎（1998）、以歌詠蘭嶼的〈勇士舞〉獲頒1997年度詩獎（1998頒贈）。1983年出版第一本詩集《土地請站起來說話》（遠流，1983），其後出版的重要詩集包括《手的歷史》（1986）、《海岸燈火》（1995）、《西瓜寮詩輯》（元尊文化，1998）、《海浪和河流的隊伍》（二魚，2003）、《海哭的聲音》（九歌，2004）、《小蘭嶼和小藍鯨》（九歌，2004）、《綠島外獄書》（秀威，2007）、《爐再生——綠島外獄書續篇》（秀威，2008）、《西瓜寮詩輯（增訂版）》（秀威，2011）、《下棋與下田》（人間，2012）、《詹澈截句》（秀威，2018）、《發酵》（秀威，2018）、《方寸之地》（秀威，2023）。

四、

　　活力旺盛如大地之野草，春風吹不吹、他都指向雲天；寫作勤奮勝過農夫的耕鋤，春夏秋冬對他而言都適合繁殖、蔓延、渆。

五、

　　別人解讀的方寸是心，詹澈實指的方寸是心、也是地，方寸之地也可以是賴以維生的西瓜園、可以是幼時木頭釘的飯桌、今日深夜猶在耕耘「插在筆筒裡的鋤犁猶有磨擦泥土

的聲音」的那方書桌。

參、余光中說詹澈匍地親土卻又化能為力

一、

　　世紀交替那當兒，余光中（1928-2017）原來說詹澈長年定居在台東，像西瓜一樣「匍地而親土」，他的詩也像西瓜的瓜莖瓜藤，「牢牢地密密地緊纏著那一片后土」，詹澈是典型的傳統的農民詩人。

二、

　　話鋒一轉，余光中認為詹澈還是現代知識份子、還具有農運推動者的身分，余光中把詹澈與吳晟做了比較之後，說出真相、真話、真情義：「詩人乃民族想像活力之維護者與解放者。詩人的籌碼是文字，他的元素是自己民族的語言。他應該認真探討自己民族的語言究竟有多大的能量，並且試驗自己能運用那能量發出多大的力量，以完成多大的功績。物理學上的『化能為力，運力成功』，對詩人該有啟示。」（余光中〈種瓜得瓜，請嘗甘苦〉，《中國時報・人間副刊》，2003.4.16.）

　　世紀交替那當兒，他已指出詹澈的詩藝自信。

三、

　　其時，詹澈還沒有創出他的「五五詩體」。

四、

　　但他的母親從小教他「雲與星星都是字，會動的與會亮的」，甚至於「野草，都是藥……」一如遠古的神農。

五、

　　很久的以後，2019年10月3日受江蘇省興化市水上森林主人、也是詩人的房春陽邀請，參加秋韻詩會，受囑帶台灣的土與水一起澆灌一棵中華詩樹，他寫成了〈澆灌詩樹〉，見證了一生的所言所志、所作所為，都在以台灣的土與水澆灌中華詩樹，都在以農夫的能量澆灌詩文化的質量，專注於農而不專拘於農，一如遠古的神農。

肆、海峽兩岸獨創五五詩體

一、

　　「五五詩體」試寫於《下棋與下田》與《發酵》詩集的寫作期間，約當2011-18之間，他自己提出了五大訴求且遵行著：

1. 「五五詩體」與紀念屈原的詩人節（農曆五月五日）雙五巧合。
2. 含蘊著陰陽五行的思維，但不一定切合也不一定押韻。
3. 每首詩五段五行，不超過五百字。第三段或三段的第三行，可為整首詩的詩眼或轉折與變易，可由虛轉

實，由情轉境，由超現實轉現實、由喜轉悲、由悲轉
怒等等。

4. 語言以新詩創立以來的白話口語流暢敘述，參酌古典
詩從唐詩至宋詞元曲的長短語句變化，感性與理性兼
具，在一個方形與規矩中畫著自由與自在的圓。

5. 不是為形式而形式的形式主義，注重詩的語感與美
感，且以象徵主義的形象思維維繫詩的質素。

二、

　　《發酵》出版於2018年，集中「試寫」了近一百首，這
次，《方寸之地》正式以一百首定音為「五五詩體」，見證
了越是奔放的河流越需要自我形成的堤防，而那堤防卻也陸
續發展為有力量、能生長的生命臂膀。

三、

　　「五五詩體」在一定的框架內展示豐腴：
　　「他對那種自由的『放任』提出了約束，他的實踐『制
止』了無邊的、隨意的拖遝和碎片般的散漫，他把敘事和抒
情用相對的約定加以控制。而他又能在一定的框架內，為展
示豐腴的詩意而提供可能性。同時，他依然有所堅守，即盡
可能保留了他所堅持的『口語式寫法的語感』。而且，我認
為極其重要的，是它維護了詩歌的節奏感。」（謝冕〈春江
夜話——詹澈的詩體實驗讀後感〉）
　　一個曾任北京大學中國語言學研究所所長、新詩研究所

所長、詩探索主編的謝冕（1932-）對於「五五詩體」試寫，
所給予的讚譽。

四、

　　有人大力寫作十行詩、八行詩，有人鼓吹三行詩、兩
行詩，有人以俳句為名寫他的三行、兩行、獨行，有人仿古
寫截句，有人仿洋寫十四行。敘事性強、批判性強的詹澈，
關懷面廣、閱讀面廣的詹澈，適合發展奇數行特質的奇險效
應，適合發展屈原楚辭型的長言長句。

　　《發酵》發酵了，《方寸之地》夢與堡壘的金甌鞏固了！

五、

　　老農賣筍，老嫗賣菜，駝背老婦種菜，老兵送報，初遇
再遇，需不需要五五二十五行的敘述量？

　　詹澈的五五二十五行是當代的樂府，詹澈是當代的杜甫。

伍、鳥散聲如銅幣而我依然堅持寫詩……

2023.立夏後五日

目次 ｜ content

輯二 星光一樣的名字

輯四　路聞蟬鳴

方寸之地

方寸之地

已逝的父親又在西瓜園四周堆疊石頭
彷彿要築一個城，他的名字
詹茂城，茂盛的野草徒長著已老的記憶
夕陽下他彎腰的影子，像一個未死的問號
被一個個石頭埋進初臨的夜色

一個個石頭，都是山谷裡山掉落的臼牙
在西瓜園周圍疊成凹凸似的城垛
夜色裡像遠方山脈被月光鑿刻的牙槽
這城垛的圍城，曾經是風沙刺眼時
含著淚水的，我詩的夢土與堡壘

西瓜寮鐵皮屋頂再蓋上帶青的刈芒
像我剛當完兵剛長出來鋼澀的頭髮
那時我向父親做一個敬禮的姿勢
向他承諾忘記寫詩的夢想，與一次戀情
做一個敬業的上班族，耕地的逃兵

他築的小小的城，我曾經的夢土
如今是俯首寫詩時，書桌上的方寸之地
周圍堆疊的書，如凹凸有序青磚的城堞

詩經與史記，露出春秋的黃頁與赭紅的牆
插在筆筒裡的鋤犁，猶有磨擦泥土的聲音：

「你忘記了你的承諾，你還沒有忘記夢想」
父親的聲音彷彿還在西瓜寮裡吃鐵盒便當時
筷子扒飯叮叮噹噹急促的聲音，那時我們俯首
在木頭釘的飯桌，一塊發著飯香與陽光的方寸之地
如我深夜的書桌有光，他在那邊看著應已能諒解

不識字詩

母親在病床上喃喃自語，彌留的眼神
睍著晞弱的月色，在窗玻璃外
逐漸模糊的夜空，彷彿有流星劃過
那是貼寫在窗上的一行詩
一行試圖抵擋死神的詩籤符咒

「無路用的……」母親呢喃著斷續的斷句；
「無路用的符，的詩……」不識字的母親
第一次說出詩這個字，音和死接近
含淚握住她的手，點頭，再搖頭
她是一個不識字的詩人，一個旁觀者

一個警示者，一個呢喃自語者；
「早去早轉世，早去早好命……」
她一面用菜刀割著雞的脖子一面呢喃
為一次死亡唸著禱詞，今晨
雞還忠誠準時的啼喚黎明──這叫醒者

童年的天空，滿佈著文字
「雲與星星都是字，會動的與會亮的」
母親在床邊呢喃催眠，記憶在夢中長大

「野草，都是藥……」，她是不識字的
魯迅故鄉的農婦，她是被傳言送出去的養女

是逃跑的童養媳，她是我不是文字的詩
詩是詩人的養女，詩人是詩的童養媳
我在母親的骨灰罈前喃喃自語；
不是無用的……不會是無用的……
雲與星星，都是會動的與會亮的詩

盤纏一枝草

一枝草會絆倒人，一枝草有一點露
想著父輩傳下來的叮嚀
走在不知名的山路上
竟然真被一枝草盤纏絆倒了
不知名的草還開著紫色小花

驚愕跌倒的人，也要能坐著看花
看它努力伸向路邊，抬頭睜眼
以青澀的聲音，提早告知春天的訊息
在山櫻花之前，在杜鵑花之前
以驚喜的方式告知我，它是清醒的

它是清醒的，經過寒冬，或野火燒過
再生，再承受整個夜空星光的澆灑
吸足大地驚蟄前的胎氣
在葉尖凝注出一滴晶瑩透亮的露水
滴落時如山寺一記鐘響撞擊額頭

我是清醒的，感謝這不知名的小草
以一枝草卑微的力量，讓我在爬起來時
還能看見身後凌亂的腳印與塵埃

提醒不斷匆匆趕路的我，坐下來休息
看它已努力學會開出苦楝樹一樣的紫色小花

似一條青筋，在大地奔騰血液
它就是我早已淡忘的，魯迅的野草
我剛拋棄面對風車決鬥的長矛
它絆倒我，提醒我必須再撿起武器
用一枝草的堅韌書寫野草似的文字

啼哭的歡笑

──賀卑南族裔外甥孫陳宥安二○二二年除夕滿月

以一聲嘹亮的啼哭
以人類共同的頻率
以地球運轉日夜的力量
把一年來疫情的不快與不淨
推給太平洋的海風與陽光

除夕夜，鞭炮聲如星光燦爛慶賀你滿月
提早感知春天到來的迎春花與山茶花
開在通往南王山與都蘭山的山路上
牛筋草與鐵線草，颱風草與含羞草
在時鐘草的指針裡也知道春天來了

你外祖母的父親興建閩南風格的土地廟前
一大片剛翻新土插新秧的稻田
有漢族卑南族阿美族人共同耕作的糧食
他們的秧苗都以相同距離排列有序
在水面的鏡光裡彼此尊重

附近的貓山，像貓剛從寒冬裡甦醒
山下的卑南溪，是一條交易的界線
卑南溪轉彎處，你的祖父母的祖父母們

以小米和獵物在這裡與阿美族人交換魚和稻米
貝殼是錢幣，檳榔與山豬牙是信物

卑南溪上游紅葉谷，紅的像燃燒的山，那年
你的祖父的祖父們與布農族化解了二百年仇恨
這些族史與歷史，在你的血液裡
因一聲嘹亮的啼哭，伴隨眾人歡笑
齊力把一年的疫情推向太平洋的海風與陽光

酒喝太平洋

從海岸線回看層疊山脈，已似海浪
在還沒有醉成海浪的時候
在中華版圖最東邊東台灣看太平洋
喝著海風吹過小米釀成的小米酒
微甜中有汗漬鹽味，有說不清的香

因為海風，醉了又醒，醒後又醉
從最東邊的第一道晨曦前開始喝
喝海洋似的喝，喝海洋的歌
要唱到再看見隔天的第一道晨曦
因為阿美族的朋友娶了卑南族的老婆

喝海洋喲，喝—海—洋——喝海洋的歌聲
把海岸的海浪唱成山峰的層浪
把山峰的疊浪唱成海岸的浪花
檳榔樹密密麻麻隨風搖擺
手叉手連著舞蹈也似海浪隨風搖晃

三仙台醉了醉到八仙洞，傳說的
醉八仙中的詩人，跟著喝海洋
醉眼也能看見世界上最長的一條線

從海岸線看見這世界的盡頭
喝海洋，不怕陷阱與柵欄，喝，海洋

海樣多的鹹與苦，都被酒氣蒸發向天
什麼時候醉成海浪，甚麼時候醒成青山
小米酒的甜誘人醉了三天
因為太平洋的風一直吹，一直喝
喝海洋，心就像海洋上遍灑了陽光

寓居家貓

在夜色與路燈間流浪的母貓
沒有選擇的，將她生在廢棄的車底下
公貓像車主一樣不知是誰不知去向
她的叫聲像嬰兒啼哭，細長嘹亮
從連夜寒雨中刺進書房窗縫

逐漸悽厲與哀戚，卻柔軟有力
刺進想塵封與抵抗的耳膜，刺進心窩
母貓看她被抱進我的家門就低頭離開
從此相忘於江湖，緣來緣又去，不用牽掛
這寓居的家貓，常弓背看我俯身寫詩

偶而伸腳踏到電腦鍵盤，影幕裡也有一行
自信而翹起的詩，像她的尾巴
白天用日蝕的眼珠瞇眼門縫
夜晚用滿月的眼框映照窗外
用雪一樣輕的腳步走在陽台的霧裡

月光雕刻身影如斑紋虎豹，俯身吃草
結紮並繫上頸圈，蜷縮在沙發是一坨泥
看見老鼠與蟑螂，已忘記要伸出利爪

也失去大聲叫春的本能與記憶
在無形牢房裡一隻沒有翅膀的貓頭鷹

只會在戲耍中抓傷我的手臂，條條傷痕
像被刺青，一個剛走出地獄的詩人
還在流動的人生，沾粘塵埃與腥羶
被她嬰兒一樣的哭聲，以一行詩的力道
撞進家門，將心中的利爪收斂為蓮花

海裡都是淚水

——悼台鐵四○八次太魯閣號火車事故去世的台東
　鄉親

海裡都是淚水
太平洋的風一直吹
一直呼喚你們的名字
不要忘記回家的路，走山線
記得池上的稻田和油菜花

地震在蠢動，颱風還沒來
故鄉龜裂的農田渴望雨水
天空的眼睛佈滿血絲
海裡都是淚水
哭倒的母親，跪下的海浪

當我唱著那首太平洋的風
一直吹——在清明的路上
聽見那一長串撞擊隧道的轟響
轟然貫穿脊骨貫穿腦門
這憤怒的子彈，必射向復辟的貪腐

隧道口深邃如人性的黑洞
斷崖山壁似血跡赭紅的墓碑
纏綿的海岸線啊，是牽魂的白索
不要忘記回家的路，不要回頭
天空哭紅了眼睛，海裡都是淚水

這債，留給我們一節一節的去清算
你們就安心的走吧，是冤魂不是孤魂
每年清明，鄉親都會路過祭悼
以太平洋的風，以跪拜的海浪
以海水一樣鹹的淚水

苦楝花

苦楝花的苦，無意與春天爭什麼
苦到無苦處，香味也引來群蜂嗡嗡採蜜
紫色花苦戀著誰，還給人間淡淡的清香
孤單的從河岸岩石夾縫茁長，從童年
坐著放牛的地方，一直遙望河對岸

在寒冬俯視河裡黛色的倒影
忍住落葉落盡的孤獨與蒼涼
龜裂的樹幹，是虎斑似龍鱗
枯禿的樹枝，想撐起暗雲的天空
天空繃緊臉色，忍盡枯裂冷冽

只為等它吐出紫籐花樣淡淡的紫色花
散發出桂花般淡淡的香味
小紫花如繁星點綴在初春的河面
流水流不走的香氣，徘徊著
像一個思念的人，總是躑躅在不遠處

幾個春秋了，只為在苦裡聞香
如土地廟旁的寡母，拈香跪拜，再苦
也要讓孤兒成材，從廟口走出村口

苦楝樹，苦笑著自己的不成材
可再苦，也能讓蜜蜂聞香嗡嗡來採蜜

而苦心也能容螻蟻，夏季雨前
也停過淒厲嘶叫的蟬，那徒勞的高音
把未老的白髮猛力往上拔，想穿刺烈日
蟬聲往下沉，把苦楝樹推遠，催老
中年的苦楝樹，還苦戀著童年的我

相思樹

這異鄉的山路也有五月雪六月金
五月雪白的油桐花還藏著寒意
相思樹已爛漫整座山金黃的香氣
清明祭祖剛砍除的五節芒
已冒新芽向端午那邊召喚

很久沒見過的炊煙，默默彎彎的
升起晚餐的顏色，與飯香的氣味
走在這故鄉似的山路，從清明向端午
髮絲總會沾滿相思樹花，金黃金黃的
燙著髮下半紅的思想，半白的相思

記憶，如百年相思樹年輪擴散的漣漪──
記得父親在火碳窯說相思樹燒的碳最好
香氣不煙不燻不淚，活時吸碳多燒後含碳密
燒成灰，香味還留藏在土裡
──像母親臨終前緊握的手溫

母親的骨甕裡放的木碳，就是父親特別交代
用十年以上的相思樹燒的，它的溫度
還在骨甕的表面發著微潤的光

而荒廢的碳窯，已像古老的圓塚
或似會閃著螢火的已鏤空的寺鐘

有時思想會像相思樹在窯裡火烈燃燒
有時會燒成愛情相思至死的灰燼
有時要燒成遺愛人間乾淨又結實的木碳
被燒盡的年輪，會燒進親情的骨髓
當走在清明的路上，髮絲沾滿相思樹細密的黃花

鋸齒下的呻吟

那聲音在夜裡遙蕩幾百公里——
擺盪三十年，翻越幾重山
似睡夢中翻一個身，那聲音驚醒
只是一聲嘹亮的雞啼，箭一樣刺破了
窗紙上母親浮水印似的逐漸淡化的身影

那聲音還在刺眼的晨曦中，如透明的游絲
繫著童年，蹲在牛棚邊，影子像一隻小狗
看著母親用菜刀在那隻公雞脖子上一劃
血絲像針一樣細，濺射在地上
她把雞脖子扭進翅膀把雞甩在一邊

雞在掙扎抖動，喉嚨有咕嚕咕嚕的聲音
母親蹲在旁邊呢喃著（不知誰教的）禱詞：
「早去早出世，無來也無去，去了就好命」
她的呢喃（已逝的）它的呻吟，如游絲，如箭
穿梭三十年好幾百公里的夜路，抵達我的夢境

在另一邊，父親用長鋸子鋸著一棵櫸木
櫸木呻吟著吐出白黃白黃木屑的血
母親走過來伸手抓起木屑蓋在那灘雞血上

白黃木屑慢慢滲透出黑色斑塊
夢境中走過一片破碎的雲層，破碎的意識；

電視上又選舉了，兩個黨爭吵至午夜場的割喉戰
刀刀見骨，再用鋸齒，割喉割到斷
血淚已乾枯，還想以唾沫澆熄彼此失火的家宅
母親，我曾經走過那片戰場，但一直聽不見
也已逝的父親的叮嚀，我已是戰場邊觀望的過河卒子

除夕前磨菜刀

除夕前太陽也把天空的窗玻璃磨的特別亮
年獸在入夜深處睜著貓的月眼等待什麼
它把歲月從頭吃到尾，再吃自己
從尾吃到頭，吃掉自己，歲給別人
吃掉善惡，也吐出善惡，這端獸

要殺它嗎？我看見祖父交給父親一把金門菜刀
父親走遍濁水溪找到一塊長形寬厚的磨刀石
他用祖父一樣的姿勢蹲著磨刀，一前一後
歲月的聲音，鏽過的生活，一來一去
在石頭與水，與鐵的磨擦中露出光芒

磨著──磨刀石的脊面已凹陷如遠方
牛背似的山脊，被月亮磨出雪色
已退出江湖的父親用這磨刀石磨鋤犁鐮刀
磨出它們的銳利，磨損壯年的銳氣
認命做一個躬身禮拜太陽，影子深印大地的老農

除夕前磨菜刀，是一種儀式
用父親一樣的姿勢蹲著磨刀，一前一後
母親在廚房剁雞的背影，鍋鏟的聲音

麻油薑爆味，一陣一陣，一年一年
只是，只是想重複磨著家的溫度

常以為十年磨一劍，足以斬殺，那端獸
它依舊睜著日夜的雙眼，緩緩走來，不輕不重
不善不惡，訕笑我不斷用筆磨損自己，在人與詩人
詩人與詩，情與道之間，磨著，磨著
何時能磨出那一道出生前就該看到的，光茫

大水過後

大水過後，河床裸露的石頭
像潔白的牙齒閃著光芒
沙床也洗淨塵垢菌毒，適合再輪栽
有潔癖的西瓜與苦瓜，有潔癖的
雲與星星，入夜後總是離的很遠

他們趁夜色，挪動夜色一樣的身影
挪動岩石上有重量的月光，輕輕浮起
他們分工撿取有用與無用的漂流木
依照月光分別各種樹的肉色與味道，樹的屍骨
橫豎在河床，枝椏突如亂葬崗上的十字架與墓碑

他們圍著篝火，燒著無用之樹的屍體，低頭說話
祭祀可用之樹的靈魂；感謝送來一堆堆的財物
火光中閃動他們水聲蕩漾的歌聲，風聲夾著沙
他們把可用的木材暫時埋藏在乾淨的沙裡
埋進夜色，覆蓋乾淨的草與月光

他們，我的父母與兄長，夜色將盡時
推著牛車，牛跪爬在泥濘的河床傾身向前走
月光靜靜的貼在牛背上，如此沉重

壓著牛與人喘氣的聲音，擠出人與牛的汗味
小學生的我，提著便當與水壺跟在後面

大水過後，劫走我們一季的西瓜，老天
也送來一季西瓜等價的大水材的財富，我們
在哭泣中露出勉強的笑容，在靜靜的夜色裡
燃燒篝火，燃燒太陽一樣勞動的光，寫詩一樣
有潔癖的在潔淨的沙地上再栽種有潔癖的西瓜

磨損慾念

河水日日夜夜磨擦兩岸，沒有得失
時間在磨損地球，不覺歲月如箭梭
當我蹲在廚房用磨刀石磨著菜刀，聲中有焦味
菜刀在時間夾縫裡磨出銳利的光芒
磨刀石逐漸下凹出馬背的弧線，如屋後的山脊

蹲著磨刀也曾想是伏在馬背上奔馳
聽見水聲如風磨擦耳際與額頭
馬啼磨擦草原的皮膚，小草在身後狂呼
馬啼鐵磨擦沙漠的髮絲，火花在四周飛濺
停下來休息喘氣，聽見牛在稻田裡拖犁

父親曾用這磨刀石磨過鋤犁，緊貼土地的溫度
我想磨鋤為劍磨犁為刀，復磨劍為筆磨刀為舌
筆在紙上磨出淚水，舌在職場磨蹭泡沫
如何再用汗水磨亮生鏽的鋤犁，用血灌注筆尖
在名利名利的磨擦聲中磨損日增的慾念

黃昏時陽光慢慢磨出月亮
月光很快磨出星星，星光在異鄉
磨出浪子眼睛裡的淚水，霧在心寒擴散

苦如磨墨於硯，在鐵杵與繡花針之間
在厚厚的雲層與地平線間磨出閃電

有著馬背弧度的屋後山脊，雨夜
常聽到羊蹄蹬掘岩石的聲音，饑餓在爬坡
在廚房用磨刀石磨著菜刀，只是磨鍊自己
能堅持這像寫詩一樣的手工業，忍住饑渴
在彼此磨擦中如日夜漸漸磨損多餘的慾念

檳榔

檳榔，像子彈或橄欖，像眼睛
花開時散發柚子花與曼陀羅花的香味
再高再遠蜜蜂都能聞風而來，繞行嗡嗡
這是溫暖安全沒有農藥，雪的花粉
檳榔樹長的比桂竹高，比麻竹瘦

比綠竹多節，能把太陽撐的高一點
羽狀的長葉連成傘蓋，似翻掌托天
她們阿美族女人呼叫著賓郎，兵郎
檳榔花開的季節，檳榔是祭典獻禮
是愛與性的暗示，它被剖開成唇的形狀

是發熱發汗與激情的媒介，在冬夜
竄動春的浪潮，初春陰晴難測
它可以祛除邪寒陰疫，以太陽的眼睛
在嚴寒霧夜，高速公路嘶吼的卡車裡
卡車司機嚼著檳榔提神注視紅流漫漫

從東部傳開，它成為我們勞動兄弟間的唇語
在真血與假血間笑著向土地吐出紅色乳汁
檳榔，是藥也是毒

形似橄欖，微甜的愛情
結如子彈，痛穿喉舌

賓郎，豐年祭時送給嘉賓的檳榔，給遊子
兵郎，退役結婚時示愛的檳榔，給女婿
我都曾經仔細的咀嚼過那滋味
檳榔花開的季節我離開成長的東部
再來看花聞香，兩鬢已有雪的花粉

記憶的雛形

夜空寂靜，記憶以流星的光芒閃現
又以流星的速度消失
幾何圖形的星座旁邊
有一串稻穗似的星群，似乎聽見水聲
相信，在那顆也有西瓜園的星球裡

已逝的父親正從西瓜寮的窗口，看見
我走在卑南溪邊，沿著一排稻穗似的腳印
想著他曾走在夜色降臨的西瓜園裡
彎腰把一株株西瓜藤拉直理順
然後又站起來用打火機點火抽菸

打火機的火花喀嚓一聲後如流星般消逝
火光留在菸上像流星的尾巴
他手指夾著菸走向夜氣浮動的溪邊
星火隨著手臂左右上下擺動
有時成 S 形有時 8 字形，有時

停下來再走，會像划船一樣
劃出一個半圓形，舉高一點時更亮
會寫出一個人字，一個人

就這樣走到夜色濃至米漿似的
滲透參雜著月光與水聲，然後才回家

抬頭凝望那顆星星；父親彌留的眼神
他那划動著前進的身影，農民的尺寸
人類勞動的雛形與初衷，無論朝代如何更替
總會以流星的光芒閃現
像隕石一樣落印在地球的稻田上

記憶秋天

——二〇一七丁酉年農曆閏六月，我父親有兩次忌
　日。陽曆十月四日中秋，難得與我的陽曆及農
　曆生日前後巧合，以詩記之。

母親用春天的體溫抱著我的滿月，走在秋天的路上
一路上蘆葦甩髮，稻穗挺腹傾斜鞠躬
她要去鄉公所登記我的戶口，父親在遠方
天沒亮村口公雞就叫醒了秋天的天
水牛也提早吽了一聲，小黃狗吠跑在前面

正午時一聲蟬嘶如孤直不斷往上升的鋼絲似的竹竿
像母親說我出生時那一聲嘹亮的啼叫
能刺破整村的夜夢——
竹竿上還懸掛著絲線牽引的風箏
巴蕉葉似的風箏，扇子似的手掌，在那兒搖

在那兒，招喚村裡出外謀生的遊子
中秋了，出去鍍金還是鍍銀總需回來團圓
不要成為在村口附近躊躇情怯的浪子
認不得家的雲，以雨聲為腳步
化為水，總也記得順著村口那條小溪走回家

只要你準時回來，是侯鳥也好，總識得季節
它們也一樣準時，稻穗與甘蔗會沿著小溪兩邊
散著香氣，勾頭禮拜迎接回鄉的家人
灯籠花紅欒樹花黃玉蘭花白
像一串串鞭炮花那樣迎接著

高的玉蘭花與矮的金桂花，相對無言
香味卻已傳至村口，參差著日夜的村口
迎親與送喪的隊伍來回著，幾度春秋
我已中年，必須強顏少年狂，忍著咳
坐上東部工農工農的火車回鄉，在秋天的路上

輯二

星光一樣的名字

星光一樣的名字

——悼念台灣五○年代白色恐怖犧牲的英靈

我們巡視你的傷口
從溝渠、山谷、叢林
至海邊、河床和無人再走的小路
從舊書攤、無名的墳塚
至壕溝和廢棄的碉堡

檢視冷戰的痕跡
在那裡有白色的、冷酷的
凝結血絲的瞳孔，注視著欲呼口號
而遭迅速槍決、冷凍的、停滯的
張大的嘴巴——那在島內深深休眠的火山口

誰想在沒有兩岸的缺口上
豎起獨立的界碑
標示沒有血緣的主體
使歷史的盲點無視一張張疊起的遺書
一個個句點，像一個個彈孔

留在槍決後的牆壁上，像你們
雪亮的眼睛，無畏的注視著遠方
早已穿透暗夜，預見黎明的到來

所以我們學習那青春高潔的勇氣
學習疏離那循循善誘的陷阱

堅持精神的彩虹，會從大地上
從岩壁的山崖間拱起
洶湧澎湃的時代潮流
已非西方的堤防可以抵擋
用二十一世紀新冷戰的針線

無法縫補五〇年代的傷口
馬場町隆起的土崙，豎立著無形的高塔
像西山公園的無名英雄紀念碑
陽光下的血汗，月色裡的血淚
早已刻下你們星光一樣的名字

重複的問候

天地無言，常以閃電或雨水問候我們
父輩的農民很少說話，只管俯身躬耕
在田邊相遇就笑著問候，如稻穗點頭
「吃飽沒？」，更老的農民這樣
問候：「還沒死啊」，「進去一半了！」

重複的走在田邊的路上重複的問候
幾十年守在田邊的墳已像一個碉堡
墓碑是字跡模糊的路標
裡面的祖先向遠方歸來的遊子問候
「吃飽沒？」，出去鍍金鍍銀或鍍鐵？

遊子喲，向從童年追過來的黃狗問候
「吃飽沒？」向不再耕地的老牛問候
一路跟著回家的春雨，向久旱的水田問候
「吃飽沒？」他聽見灌溉似的饑腸咕嚕的聲音
遠遠聽見村長在廣播什麼，是另外的問候

似乎又要選舉了，村長的眼睛又亮了
然而父輩老農認清那些撒錢當選的官員與民代
偶而在媒體露面，就滴咕著問他們

「吃飽沒？」，重複問候他們的清廉
演戲一樣木偶扮仙台上台下，重複的問候

總是向河水問候──沒有回答兀白流逝
不如回頭向墳頭祭拜的祖先問候「吃飽沒？」
彷彿聽見地底悶哼著不滿的回答
什麼時候會像閃電或暴雨一樣的問候
將天上人間的貪痴與污濁清刷乾淨

夏潮的蟬鳴

──悼林華洲兄

從春秋以前，夏商周的華夏
聽見初夏第一聲蟬鳴，在歷史前方
聽見夏潮鼓浪，拔尖高亢
在你壯年耳際，勞動者的心跳
奏響鐵路工人的悲歌

走在你走過的山路，從泰源監獄
穿過隧道，就看見太平洋
陽光中被水氣模糊的綠島
路上我們哼著綠島小夜曲
高聲朗誦你的詩歌〈綠島野百合〉

戒嚴時期被傳誦的綠島野百合；
孤獨中不失盼望，死寂裡猶自吶喊。
給我太陽罷，我需要溫暖！
給我星辰罷，我需要方向！
只要我能開花，我就結子！只要種子落下──

在風雨中朗誦你詩歌的〈子彈〉；
假如我是一隻杜鵑，讓我為你啼唱！
唱出你歲月中的淒涼，啼出你生命中的哀怨

我要以畢生儲存的力量，
作一場簡短的演講──

子彈以一首詩的速度射穿歷史的迷霧
閃電的槍聲還在空中迴響
卻聽見你走了，像剛走遠的雨聲
別再為祖國擔憂，你嘹亮的詩歌
會如夏潮鼓浪，破浪前行──

註：林華洲是台灣戒嚴時期政治犯，因與陳映真案相關連而同時被判
　　十年牢獄。他曾是夏潮雜誌編輯，工黨與勞動黨黨章起草人，曾
　　編輯大陸詩選《新詩三十年》（1949-1979）在台灣出版。其詩大
　　部分發表在戒嚴時期黨外雜誌，〈綠島野百合〉與〈子彈〉二詩
　　在當時被廣為傳誦。2022年因感染新冠病毒去世。

懸怨

——二〇二二年夏經桃園慈湖思蔣家父子

遺囑蒙塵苔痕綠　只因束髮寵美齡
驚濤迴望江浙岸　恨退長江失金陵

朝鮮戰雲暫偏安　父子終老孤台山
遺體未葬懸舊怨　何時回安奉化村

桃園結義在這島上已是被扭曲的歷史笑話
清明到端午，從海峽那邊下過來的雨
一直下不停，中正紀念堂裡的銅像也流淚了
可憐王孫非隆準，不再思想歸不歸
內戰冷戰新冷戰，進退失據至選戰

經國已經不國，慈湖不慈也不恥
不慈於白色恐怖的年代
不恥於毀華背祖的現代
聽不見黃河之水天上來
只聽海峽浪濤啐唸囁濡的泡沫

慈湖漣漪寂寞，心血不再沸騰
等不到一滴激起漣漪的眼淚
激起波浪，跟著風雨走回故鄉

魂魄無語，懸怨久候肉體同行同歸
——那小小的鹽鄉奉化村

美人早已西歸洋關，歷史終將回歸中國
中山思想建國方略實業計畫
已在故土生根發芽開花結果
遷台的故宮黃金與人才，不會成灰
忠守困守這終難偏安的島嶼

遺恨轉為遺憾，遺憾已是遺棄
被遺棄的歷史，被誤解的身世
只能等待那被尊敬的對手
和璧江山如此多嬌，英雄時勢
且看今朝，對岸已升起特色的春天

酒醒台北

冬寒將盡，早春未來
酡紅的夕照燃著微溫的火絲
酡紅的臉色半醉在台北街頭
搖搖晃晃的夜色跟在後面
把影子淹沒，把夢拉近

半瓶的金門高粱，發酵過的半生
戰爭的記憶像風，那麼遙遠
又似酒在眼前；金門砲戰的聲音
一堆酒瓶爆破在火燒的碉堡
震動著已半醉的台北

台北，半醉的我如何把你搖醒
多數人用空的酒瓶倒觀天空
看彎月如鉤，井底蛙的蛙眼
瓶口在風中吹著壯膽的口哨
半醉的我旋轉著島嶼的紅綠燈

走過不再中正的自由廣場走成歪字
聽著歪哥的歪歌，聽不見海峽的浪濤
心中的島，膨脹成臃腫的番薯

掏空成沒有酒氣的空酒瓶
看似亮著硬光卻是一摔就碎

半醒的我如何搖醒半醉的台北
半夜裡被一陣風被海峽的浪濤驚醒
酒醒的我啊，猶站在台北十字路口
如站在湍急的河中，酒氣蒸發
酒醒台北，在冬夜，久望和平的春天

觀賣甘藷者
——在台北二二八公園附近

十字路口轉角，很難規定與管制的位置
一團熱氣在冬夜升騰出早春的暖意
他的臉總是那麼模糊
故鄉父輩的身影，有時也似雕像
有個位置，就有身份嗎

公園裡的雕像，已被歷史扭轉至何處
沒有了位置，就沒有身份嗎
這賣藷者老人，用不怕燙的
種過地瓜的手指，從甕缸裡拿出剛烤熟的甘藷
不怕燙傷的，在大都會謀取生存

那曾經餵飽逃難人的肚子
又被逃難的腳踐踏
在土裡懷孕，在貧瘠的土地生長
葉子流著奶汁，給受苦的人
也能吃著甘甜的甘藷

已有越來越多的變種，基改或非基改
白皮白心紅皮紅心白皮紅心紅皮白心
黃皮紅心黃皮白心黃皮黃心紫皮紫心

葉子也有菊花心，毒素病翹尾俏種的
進口的，買辦的，臃腫的，臭香的

賣藷者移動著生存的位置，在路那邊
那曾經逃難的腳能再逃難何方
懸浮著，不甘埋骨在異鄉，在歷史這邊
在異鄉的詩人啊，在上海湯包店前
聞到甘藷烤熟熱騰騰混有湯包的異香

馬祖行
——與暗空觀星協會同行

在島的最北邊最靠近北極星
深夜最深的暗處，一團火抱著雪
斜斜下來——倒掛的銀河
如原鄉山谷金黃燦爛長長的稻穗
入夜後生出千萬隻螢火蟲

沙灘邊長長一排緊密連結的銀色子彈
高空岩石上密密麻麻生鏽赭紅的彈孔
銀河，慢慢彎入海灣
像彩虹吸管倒插永遠吸不盡海水
濤聲很近，砲聲已遠

沒有國界的候鳥和魚都來過了
不會流淚的鳥和魚，也想尋找藍眼淚
全世界密度最高的戰地碉堡
向北最靠海的已是文創咖啡屋
全世界密度最高的坑道，最深的酒窖

看銀河寂靜深處看出眼淚，孤獨的
藍眼淚，為誰而哭——
媽祖衣塚，碑記媽祖的馬祖

千年孝心，牽繫兩岸
最高的石雕像，最和平的燈塔

最難開花的林投花開花的季節
初春裡還藏著北方的嚴寒
砲殼裝置石屋的燈罩，燈下身影
星與星互相交換眼色與體溫
牛郎織女在岸邊，聽見銀河的水聲

註：暗空協會己將馬祖申請為合歡山之後第二個合乎世界標準的觀星
　　地點。

眼睛裡的野百合

—「四六事件」五十週年

那些眼睛例如魚群
曾經看見大海和短暫的陽光
曾經在學生帽緣下燃燒
應該成熟為黃金的稻穗
或橢圓的紅花瓣
卻被淚水累積的鹽醃漬
在泛黃的相片裡休眠
因為渴望黎明而被急速結凍
被白色欺瞞、侵犯和統治

有人說冰是透明的白色
是固體是液體是氣體
說白色才是絕對自由的那種自由
然而冰是一種白色的獨裁和頑固
連黑色眼珠都必須承認是白色的
時代
那些眼睛因此成為
蒼白的難於生根發芽的白瓜子

今天我們把硬殼打開
還給那些眼睛黎明的原色

黎明的原色在七彩之前上升
他們深信只有紅色太陽
能給自由的白雲更多色彩
他們以紅色的夭折
證明白色不是絕對的自由
白色有更多的慾望和膨脹的泡沫
他們在黎明之前看見黎明

雪中鹽味
——二〇二一年冬赴北京遇初雪

飛渡海峽亂流震蕩的漣漪
心中猶擴散著夜霧裡的秋黃與悶哼
想著一段詩句渴喊「鹽啊——鹽啊」
海風中的鹽味就在衣袂散發
當在北京遇見從唐朝以前就來過的

從長城以北緩緩飄下來的雪花
緩緩覆蓋過故宮與天壇，歷史與傳說
未燃的棉花，融盡的雪色
沒有重量，潔白清醒
緩解鹽味的漣漪與秋黃的悶哼

這親人一樣初戀一樣的清純
融化了心中一塊乾燥的鹽田
融化了冰，融化了凍結的感情
融化了僵硬的思想——
來吧，融化面對新冷戰的憂懼

隨著初雪走進圓明園，雪就重了
重在肩膀，在腳下有枯葉希索
雪中有血味，有焦味

都藏在疊層岩石的眼睛細縫裡
雪中開花的百年松柏，爭著不想落敗的綠葉

寒鴉高啼如兒語
天鵝與水鴨如清末的宮女
想著盛唐的貴妃，如深藏地下的蟬蝗
必也聞到衣袂散發的海風鹽味
應知春天就在不遠的地方，就在眼前

新聞潮起文化浪

——悼曹景行兄

對酒當歌　人生幾何
譬如朝露　去日苦多

——魏·曹孟德

千萬青年髮梢翻飛紅旗的時代
你下放在黃山茶林場，雪盡春芽
千萬畝茶葉在你尚青的髮際翻飛
在鋤犁碰撞的火花裡，十年磨一劍
帶著初犢的俠氣高歌，下黃山

上大學，圖書館苦讀鑄劍為筆
在歷史轉折時腰纏羞澀下香江
烏鵲南飛，何枝可棲，毅然化筆為舌
化為火浴鳳凰，在旋轉的火圈中
億萬人喜見你水漾的微笑

白髮童顏壯年男聲有磁性
在廣東話與上海話之間的普通話
新聞人涵養文化人的觀照
中國特色的語調，蕩漾多彩的漣漪
磁引著世界億萬華人的耳目

華語電視新聞評論第一人
不說自己不相信的話，不畏風雨
衝在汶川地震第一線，不怕寒雪
大東北民主村，黑土地五常米
用傳媒人的良知守護一粒米的良知

老驥伏櫪志在千里，第一線的白髮人
兩岸雙城，父職子續，由暗而明（註）
日月為證，山高水深，路途遙遠
手機震響──你要走向何方要走多遠
如何再在眾裡尋覓千百度，微信朋友圈

註：曹景行父曹聚仁曾為蔣介石與毛澤東密使。
　　其亦策劃主持台北與上海雙城論壇。二〇一二年曹景行以香港鳳
　　凰衛視帶領二十名青年媒體人至台灣觀摩大選，筆者陪其全台跑
　　透，並至日月潭涵碧樓觀看當年其父與蔣介石見面的地方。曹景
　　行曾任上海華東師大台研所所長，力薦筆者聘為特約研究員，視
　　為知己，驚聞噩耗，以詩悼念。

楊柳貼金
——二〇二一年冬走在北京鼓樓邊護城河岸

初雪細飄如初春翻飛的柳絮
依稀聽見天安門廣場升旗的歌聲
雷鋒小學做體操的口令，一二三四
小學生喲，稚嫩向陽的
陽光似的聲音蓬勃推開嚴冬的寒氣

曾經被一首零度以下詩的風景
風霜著長城與故宮的夢境與墨畫
但從島上雷鋒似的童年走過來
衣袂猶有剛度過海峽的鹽味
鹽與雪，在手心裡溶成一朵星花

要走一圈這護城河，看百萬雄兵
與歷朝君臣，走過這河橋
看百年楊柳躬身排列，吻貼河面
寒冬清晨九點鐘的太陽，這看盡
朝代更替的太陽，正升在北京城上

圓圓的太陽映在薄冰的河面，晶晶亮亮
像剛切割出來的芯片
哦，芯片，新世紀的密碼

與百年前的鴉片
以不同的方式屈辱著北京

河面柳葉如晚舟，在欲雪未雪
寒霜水霧中已過三重橋，似過了初唐
又已過三重山，回眸那東方的一抹紅
剛上升到早上十點鐘，那個方向
雷鋒小學的歌聲正一聲一聲揚起──

隔離思考

窗外，雁影已飛盡天幕
徒留一叢人字形的雲
慢慢長成一棵蒼老垂鬚的大樹
黃昏前已是一座有簷角的佛塔
在離高壓電塔不遠的地方

在離它們更遠的地方，初雪飄了下來
這呢喃著什麼的細雪，由遠而近
彷彿聽見咒語或誦經聲——有人染疫倒下
細雪將窗外倒影埋進記憶深處
剛從夢境醒來又看見這似夢的白花

剛飛過海峽感受氣流震波
下機就隔離在這牢房一樣的防疫酒店
閉關調息，身上還散發海風的鹽味
時而吻貼在窗玻璃上嗅著初雪與初戀
的味道，孤獨如回到母親的子宮

回到這想大聲呼喊我來了的國土
像嬰兒一樣出生時，大聲啼哭
或像狼在雪夜的斷垣上嗥叫遠離的浪子

或邀全人類一起低首懺悔
為那些冤死於疫情的人誦唸祭詞

這是一次次對人類慾望膨脹至極的懲罰
戴著荊棘冠冕的病毒還躲在暗處訕笑
哦，如果用鹽合雪能殺死它們，不見血的戰爭
我就將海峽的浪花與北京的初雪
用新時代的狂風將它們吹撒飛揚五大洲

註：二〇二一年十二月受邀至北京參加中國作家協會五年一次的第十
　　屆代表大會，因疫情在北京郊區防疫酒店隔離21天，窗內觀郊野
　　初雪有感。

光刻的名字
——二〇二一年冬謁北京西山公園無名英雄紀念碑

天空無雲，人字型的雁隊早已南飛
頂著零下五度的寒風北上西山
疫情隔不住人間的陽光，隔不住
你們似近實遠的光芒——
那在勝利前夜消失的殞星

海峽的海風猶沾鹽味飄在衣袂
亞熱帶的溫度，在髮梢翻飛思潮
渴念著貼近你們，你們的名字
在雪白的石牆上，睜著雙眼
互相對視，雪一樣潔白的名字

陽光刻印的名字，深入甲骨陰刻篆體
漢字的化石，血淚的結晶
一筆一劃，迸散火花，數不清
如數不清的彈痕劃過，異鄉長夜
猶聽見槍聲響在台北寒冬的馬場町

鐐銬聲夾著口號聲在風中遊蕩
別親離子赴水火，易面事敵求大同
台北六張犁公墓被土石埋沒磚刻的名字

終於用歷史真相刻在祖國大地
如鮮草紅花開在西山雪埋上

豈曰無聲，河山即名
長河為咽，青山為證
寒冬將盡，夜霧漸消
枯樹寒鴉都已感知春意水暖
你們將重生於民族復興的大道上

陽光應物

——二〇二一年冬北京訪謝冕並賀九十大壽

疫情關不住，昌平解封了
詩歌的大老唱起了童謠
陽光照亮嚴冬枯草，庭院不深
窗眼潔淨，雪意在燕山那邊觀望
我帶著島上的情怯按了舊樓的門鈴

十年再相見，臉色煥光聲音一樣哄亮
讓已中年的人不敢再說老字
想當年，台北峰會金門高粱 58
同瘂弦郭楓，酒杯上下如舟梭
放膽文章拚命酒，朦朧不朦朧——

放眼看，陽光無言應長萬物
心量與思想，自由而有序
討論一本小說，在小說的時代
常說不盡一首詩的意境
詩，以最少的文字直指人心

詩人是時代前進的號角
或迎親與送葬的嗩吶
敘論賜教，只言新詩最後的底線

那在語言文字間起伏的內在節奏
那麻婆豆腐，辣在嚴冬蒸騰的人間

豆花湯與清蒸魚，林莽獨愛
以詩探索真味，以詩應物
詩心如鏡，情景相映
白在於唯物與唯心之間，已過九十春秋
疫情過後，願攜手欣見民族復興的風景

石頭的眼睛
——二〇二一年冬與台灣保釣先驅北京清華大學物
理學教授吳國禎遊北京圓明園有感

門口放紅歌，這是世界上最大的一個黨
屆齡一百年的年，一百年前
從圓明園的烽火恥辱裡
在嚴冬的冰雪下冒出新芽
徹底擺脫所有不平等條約的枷鎖

前後百年建成的宮殿，岩石參差樓閣
東方融合西方，從草原雄健快馬而來
至垂簾腐敗而衰，千樹萬花鶯聲燕語
烽火下一夜之間化為灰燼，更不堪
擬想，二千年前阿房宮三月烽火

徒留不死的岩石，猶睜著未閉的眼縫
烽火加歲月燻黑的眼眶與裂唇
額頭臉頰在嚴寒裡透著欲言的赭紅
湖面冷靜薄霜，天鵝雁鴨蕩漾
香妃亭裡嬝繞無名花香，潛藏冤氣

尚聽見雨果雕像大聲斥責英法聯軍
請站起來，再控訴新冷戰新八國
以刺刀和槍口呼喊虛偽的民主人權

不同的時代，同樣的炮火
摧毀伊拉克與阿富汗千年古蹟

軍火商與霸權的慾望，還在地球上到處燃燒
如燃燒在圓明園不死的岩石裡，那溫度
能燙傷遊子灰白的額頭，沸騰著思潮
在嚴冬未盡己先感知早春水暖
呵──初唐的詩風正吹蕩著我倆的白髮

台北自由廣場看鴿

這還是新世紀初的初春
被人類慾望驅趕出來的瘟疫
想以夜霧的身影留存寒冬
這瘟疫戴著刺蝟的冠冕
欲以君王的旨意重新詮釋自由

無數勇敢狂喊自由的人
都已喪命在刺蝟冠冕的訕笑裡
廣場上散落的人群，瑟縮著
以冬天的口罩封住春天的鼻唇
欲言又止，這不是真正饑餓的時刻

一群曾經被疑惑帶有禽流感病毒的
咕嚕鳴叫灰白相間的鴿子
音符一樣跳躍啄食逗點似散落的進口玉米
它們或爭食或爭偶或爭執什麼
看似慶典上被放飛失散的自由鴿

仔細尋找那隻曾經飛渡海峽兩岸的賽鴿
從藍色牢籠努力飛向另一個綠色牢籠
也許已被半途細網的陷阱捕獲

被烤成菜鴿放在喜宴或喪禮的餐桌上
猶睜著望向家園的眼睛

曾經在這廣場指揮十萬農民，匆匆已過
恍惚似昨日，高喊自由民主的黨也遊行完了
如何尋找或贖回那隻獲獎的賽鴿
自由廣場裡已不再自由的銅像，的人
徒留未入土的屍身，抵抗自由擴散的瘟疫

雪隧

——台灣蔣渭水公路

在雪隧與雪墜的誦念裡
祈禱雪墜吧，真正能下一次大雪
大雪連接到海邊，海浪凝固成蕾絲滾邊
我們居住的島嶼彷彿穿上未婚新娘的禮服
所有的爭吵與不快，暫時都按捺下來

彷彿那樣才能真正的冷靜與清醒
認真的看一次蔣渭水醫生的傳記
他的一生，像一條公路，一個隧道
連接兩個時代，穿透歷史的障礙與迷霧
在黑暗中看見遠處一點慢慢靠近的光亮

聽到這島嶼先民的歌謠，丟丟當仔
像水滴一樣，眼淚一樣，在笑聲中含淚
火車如水聲，如笑聲列列穿過隧道
勞動的、前進的、抗日的、祖國的、和平的
名字裡的水，水中的名字，像線一樣穿過針孔

這隧道是那麼長，年代是那麼新
經過八次通車典禮，八年的任期
經過一個不肖政客的笑劇，才通車

雪山在上面冷峻的忍耐的俯視著
人類欲望再次的貫穿原始的母體

這邊已是人口爆炸的新都市，大廈高聳入雲
那邊是水田鏡面上穿破出一棟棟春筍一樣的豪宅
漁民的捕魚區被太陽旗驅趕著，在海上飄浮
在雪隧與雪墜的誦念裡，在光明來臨前
祈禱雪墜吧，在冷靜與清醒的公路上

如果悉達多

如是我聞，欲提筆眼睛已模糊
阿難，難於下筆，如難於下鋤於旱荒
青年佛陀希達多王子，如果悉達多
未出家成佛，如何解脫此瘟疫劫難
如何解說此難以解說此因緣

如果悉達多，成此現代阿育王
行走至此，席地敷座與甘地對視對話
何以種姓階級未解，不抵抗而對抗
借債瀆武，農民上街，蝗蟲來襲
富豪包機逃往昔日殖民帝國，豪賭酒淫

觀彼東方鄰國，歷經百年帝國踐躪凌辱
乃至以土為食，幾至滅亡而復生
其經土地改革經濟開放，人民勤儉奮勇
於今世界工廠市場，高鐵縱橫，北斗登月
如何解說同等人量彼國肅貪脫貧以及小康

如果悉達多，見貪嗔痴，迷
慢妒疑，於此恆河，各種節慶
不節不潔與不解，於此國度

宗教與選舉，維繫危脆謂衛自由民主
其上位者以瑜伽以蛇姿昂起傲慢長頸

如是我聞，此國已遍地火塚如煉獄
往昔被放逐與追擊彼佛信徒
如何回顧與回歸，云何安其心
天眼與慧眼，如何有淚施灑乾涸
如何行道於此，未老未死，如果悉達多

註：二〇二一年春夏印度新冠肺炎肆虐，死亡人數暴增，火葬場因日
　　夜火化屍體而熔燬，屍體排在路邊與公園就地火化，公園路樹等
　　都被砍為火化的木柴，到處是火塚，猶如烽火與人間煉獄。

春祭六張犁

——悼台灣白色恐怖時期被槍斃犧牲秘密草草埋葬
在六張犁的地下黨人

當時那個挖坑人，在黑暗的深井似的心底
還留有一點星芒般善根的芽
將你們的名字，偷偷的歪歪斜斜刻在
一塊小紅磚；它就是一個紅色的墓碑
荒草掩埋四十年，才露出額頭看見親人

一定是，祖國的崛起，才拉拔起你們
未死的靈魂，掙扎著從亂葬崗似的穴底
以一塊小紅磚的墓碑，叩響太陽
敲醒了親人夢中的迷障，尋尋覓覓
終於找到你們，揭開歷史黑暗的角落

清明時節，世局那麼混濁，後冷戰的尾寒
沁透出新冷戰料峭的薄霜，一點溫暖是
掃墓祭祖的親人燃燒著紙錢火花
燒燼與半燼的紙錢如蝴蝶翻飛
歷史的風吹著，灰燼裡挾著未死的種籽

七古林上空的紅星，飄揚在旗幟上
你們的名字，從小紅磚的墓碑
映刻在北京西山公園烈士牆

醮著血與淚，閃著光芒
牆，如一面鏡子反照這邊陰鬱的天空

墳上燒不盡的野草，總會迎春發芽
一定是，你們未死的意志，從墓穴深處站立起來
長期盼望著祖國的崛起，而已崛起的祖國
才會像逐漸上升的朝陽，從地球的一邊
映現人類已看見的一條新開的道路

校歌

小學校深藏在山谷森林裡
像草叢裡盤結的鳥窩，小小的
劃著白線的運動場，像有溫度的鳥蛋
陽光透明，直射在操場中央
像逐漸煮熟的金色蛋黃

操場喇叭遠遠傳出下課休息的歌聲
是一甲子六十年前就聽見的〈送別〉
「長亭外，古道邊，荒草碧連天——」
記憶深處既翻湧出難言的情境
後來村裡送葬的樂隊也常奏起這首歌

小學生越來越少，將被裁撤的小學校
正大聲放送著送別，而七月的老鳳凰木
盛開著滿山滿谷火紅豔麗的鳳凰花
「青青校樹——」的畢業驪歌
含著淚水，在小小的，星星一樣的童年

不想回家而忘了回家的人，停在校門口
不禁大聲唱起「青青校樹——」，越唱
鳳凰花越紅，太陽西斜了

眼框微濕了，這時代，大部份人
都忘了怎麼唱校歌與國歌

畢業後社會有　所社會大學
大自然有一所更大的大學
誰會唱那些校歌
誰來教我們合唱
那首大自然的校歌

秋天的口罩
——為二○二○年1122反萊豬秋鬥遊行而寫

我們已被冬天的寒蟬效應
封住夏天未喊醒的口號
以五萬人遊行的隊伍
隊伍飄揚各社各色的旗幟
志工移工勞工退公塞滿整條街

走出一個三公里長的大問號
我們是豬嗎？？？
被迫被騙去吃萊克多巴安的毒
這島上嬰兒出生率降至世界第一
失眠症憂鬱症洗腎癌症世界第一

我們還要吃萊克多巴安的毒嗎？？
還沒進口就開始封口，我們不准說
我們吃兩種毒遺害子孫：
天價買武器吃著戰爭逼迫的毒
以最快的行政效率自願吃萊豬的毒

他說東可以我說東不可以
你指鹿為馬我必須認黑為白
睜著眼睛說太陽是綠色的，因為環保

而堡礁已由綠轉黑，怪手正在開發
二氧化碳滾滾濃煙世界第一

我們帶雙重口罩防制人性與新冠的病毒
防範政客帶謊帶黃噴射的口臭
遊行會走到終點，但最大的問號
還留在影幕裡，在天空，在我們的陰影裡
秋決的肅殺，會冷向不明的春天

牲禮祭品

山谷裡被樹叢圍繞的村落像一個鳥巢
飛出去覓食的鳥兒們一直沒有回來
有時霧來了，鳥巢就像蓬鬆的雞窩
只剩母雞們守著孵著，對著猛撲下來的老鷹
群起張翅眦眼尖喙的聒叫──

農曆二月二龍抬頭，福德正神土地公聖誕
布袋戲演了一下午，藏鏡人像躲在雲裡的老鷹
死過的木偶又出現在戲台上，彷彿不死的季節
不死的，如人類的政客，在台上搖擺
看戲的人照樣把牲禮祭品安放在桌上，插著香

沒腳的魚兩腳的雞四腳的豬合為三牲
豬頭張嘴咬著一個柑橘，想說話又說不出來
老農民叫牠「咬柑仔」，稱自己是「蕃薯仔」^{（註一）}
布袋戲裡敵我意識與仇恨如煙霧燻淘
鞭炮與鑼鼓聲，戰爭在遠方，瘟疫在身邊

石油一漲價，祭品與油箱錢就減少
生活更艱困言論更緊縮，民主資本再論價^{（註二）}
遊客少了，失業的路邊攤卻多了

政府稅收少了，戰鬥機卻買更多了
誰知道什麼時候戰爭會來到我們身邊

誰會是戰爭的牲禮祭品，誰會是幕後藏鏡人
咬柑仔與蕃薯仔的後代，那些飛出去不回來的
在外面鍍金鍍銀鍍鐵的，當兵與逃兵的
回來看看廟口與墳前的牲禮祭品，還睜著眼
看看掛在戲台後的木偶，會是如何復辟的

註一：早期台灣土生土長的老農民在政客加以渲染下，把第七批大陸
　　　來台的人，即隨國民政府軍來台的老兵稱為「老芋仔」，把官
　　　員稱為好吃懶做的豬「咬柑仔」。省籍意識一直在選舉時被巧
　　　妙運作，成為反中延伸的敵我意識。
註二：二〇一九年二月二十一日聯合新聞；美國公關公司愛德曼發佈
　　　全球信任度調查報告，指出有 56% 的受訪者認為資本主義的弊
　　　大於利。國際慈善組織「樂施會」發表報告，全球億萬富豪過
　　　去十年倍增，2% 的人身家總合勝過占全球 60% 貧戶總財產。

餘暉翳眼

──台北總督府目送李登輝先生遠逝

府頂刺針似的旗桿，總是刺不破
刺不到太陽的眼睛，掉漆撐著褪色的旗
偶而戳中西方的背雲，旗布在風中丕啪一下
又垂掛如落日的餘暉，當夜色降臨
又靜默如蝙蝠的翅膀，想著老鷹的天空

年輕時太陽一樣火熱的理想，炙燙著土地
在同學少年都入獄，被槍決多年後
他轉變衣馬自輕肥，就是那一年
在農業產值陡降，糧田休耕的西瓜園
父親告訴我當日本兵與二等公民的屈辱經歷

父親不是他政策口號裡八萬農建大軍的尖兵與俘虜
愣愣的望著稻田上春筍般聳起的豪宅
良田裡違章蓋起盔甲似的鐵皮工廠
他邁入老年前在總督府完成這些壯舉
截獲農民與學生運動的春花秋實

請求背後的指導員幫他騙誘壓下槍桿
他側身讓財閥與土豪護庇黑金
在航母護航的民主中自由與不自由

背骨的指著釣魚台說我是日本人
而女學徒更努力在中央廚房炒著川菜

在上帝面前他是否已被責問，何以未實現諾言
沒去當廣博的傳教士而欲扮演孤獨虛張的教父
曾經期待他用傳教士的語音
再誦唸拙作第一本詩集長詩的最後一句
「土地，請站起來說話！」^(註)

註：二〇〇二年台灣第一次金融改革，農漁會與農村金融面臨國際金
　　融及跨國資本與當政者聯合打擊瀕臨瓦解，遂成立自救會，筆
　　者擔任自救會辦公室主任，與工作小組籌劃 1123「與農共生」
　　十二萬農民大遊行並擔任總指揮，順利讓當政者妥協成立農業金
　　融法與農業金庫，至二〇〇八年農村金融未受華爾街國際金融海
　　嘯影響。大遊行後李登輝曾邀我與工作小組五人在翠山莊面談，
　　他見面即說讀過我一九八二年的第一本詩集《土地，請站起來說
　　話！》。

窗外
——悼健民兄

窗外
應該是南風徐徐的春望
卻一直下著秋決似的濛濛細雨
更籠罩著厚墨的濃霧
窗外，歷史的眼睛含著淚水

看著你躬著身影
伏案書寫歷史的斷章
凝視你躬著身影
在燈光下清洗我們的牙床
在燈光下研判台灣的社會性質

你用畢生的精力，用筆
撐開歷史被封閉的隙縫
填補上台灣歷史被刻意拔掉的門牙（註）
縫補兩岸歷史的缺口。但歷史的臼牙
還反咬這後冷戰正在轉身的尾巴

政客的蛀牙帶著口臭，用扭曲的唇舌
向我們噴灑口水，口水瀰漫已淹沒一個島
島上喧囂的沒有硝煙的戰爭

在民主與自由鬥魚般互咬，矛盾的殃池裡
窗外，持續下著濛濛細雨──

海峽波濤洶湧，總會聽到一聲汽笛的長鳴
或號角嘹亮的聲音──
我們知道春天真的快到了
窗外，已亮起黎明的一道光
可以看見一條被修整寬闊的歷史的道路

註：曾健民牙醫師數年來業餘奔走兩岸自費蒐集了台灣缺少的
　　一九四五－一九四九年台灣光復初期，國民政府未撤退台灣，兩
　　岸還是一家親的珍貴的歷史資料，並苦讀著書出版，是台灣唯一
　　全面研究此段歷史的醫生學者，其著作填補了台灣光復後近代史
　　的門牙。

行進中的糧食
——二〇二〇年春山居見螞蟻列隊搬運糧食

佩服與懼怕，那戴著刺蝟冠冕的病毒
它與死亡一樣能穿透平等障礙，如季節輪替
不分種族貧富，不管你是否握有世界最高的權力
它從身體外面侵入，如針刺穿氣球刺入細胞
刺破政客不斷吹出謊言的泡沫，勢如破竹無聲擴散

而從身體深淵往外觸擊的，饑餓與慾望
如何在人類創意的制度中，平衡與平等
如何用政治經濟學計算，與分配
當地球糧食生產過剩還有近十億人處於饑餓狀態
當糧食不足期貨與油價開始上漲

於是，戰爭就像在門後窺視的死神
「大兵之後，必有荒年」
在戰爭背後窺覷的，慾望的標籤；
那高聲質詢與私下竊語盤算的軍火商與糧商
石油大亨與政客，數著美元從戰場邊緣緩步走過

而它們，紅黑相間的螞蟻，成群成排分工有序
在入冬雨前，在生存的戰鬥中，在人類腳底下
比人類還早學會儲存糧食，學會分配

緩慢行進中的匆忙，觸鬚腳趾交換著語言訊息
在家與巢，巢與穴，在生與死的路上

彷彿看見緩慢行進中的坦克與軍隊，消失在沙漠
看見抬著棺木緩慢行進的隊伍，走進森林
它們要走向何方，能再走多遠
我們要走向何方，能再走多久
當蝗蟲遮天，饑荒與病毒，戰爭與腐敗同時爆發^{（註）}

註：二〇二〇年初春新冠肺炎病毒（COVID-19）肆虐全球，各國紛紛
　　關閉國門，稻米最大出口國越南，小麥最大出口國哈薩克等十餘
　　國禁止糧食出口。非洲與中亞糧食歷經蝗蟲洗劫。

候鳥與春鴨

站在山頂大聲呼叫她的名字
——雲啊——聲音遙隔五十年
小學同學中最早因為貧窮輟學外出謀職
再聽到名字時已在墓碑上，是誰刻的字那麼深
呼叫聲無力的騷動著不想離開的濃霧

想要尋找歸與不歸如候鳥與春鴨的同學伙伴
必須學習白鷺鷥與黑面琵鷺，或綠雁紅鶴
繞行半個地球，沿著鍍金邊的海岸線
看盡各國的港口形狀像它們國家的象形文字
看過油輪在石油戰爭中搖擺插換各色國旗

誰比油商與軍火商更敏銳股票與戰爭指數
他們是假扮成候鳥的禿鷹，在障眼煙霧中突擊
幾顆導彈就輕鬆回收印發出去的美元，如掃落葉
那些因氣候變化遷徙受傷的候鳥，聽不到哀鳴
那些被資本遊戲耍敗的小資小商，用翅膀走路

三十年才徹悟的伙伴們，已不敢任性翱翔天際
鍍金的海岸線已是河邊蘆花迤邐的白色柵欄
他們像春鴨以腳蹼在水下滑動潛行，不接近魚餌

比驚蟄更早觸覺春意，比春雷更知水溫
比雲——藏的更深

比雲啊 ——活的更久，我的竹馬已朽
而她一枝青梅還在心河浮沉——藏的很深
不覺深至我思想的深處，她綁著馬尾的紅布巾
從記憶結節處鬆開來，成為一面旗幟
在逆風中劈啪劈啪響，不知何時會響成帆與幡

穿透平等

──二○一九年冬春新冠肺炎病毒（COVID-19）
肆虐全球，深居山區如同閉關有感。

是否是幾千年前一個被歷史遺忘的國王
他冤死的魂魄游離藏匿於虛無
等待人類慾望更大的一次失控
點燃他積存的怨懟化為魑魅魍魎與瘟神
戴著佈滿荊棘的冠冕，假扮春神降臨人間

他終於看透人類無法駕馭自己的慾望
只能發明一次又一次改變再變的制度原諒自己
用各種翻新的語言解釋自由人權與民主來掩飾謊言
贏的國說著贏的傲語輸的人囁嚅著泡沫
貧富不均與種族歧視是一種長期隱疾

他想幫人類解決慣性謊言與難言的隱疾
要穿透人性的迷障宣示與死亡等距的平等
在超級顯微鏡下看見他哭喪著笑容
水沸火焦的色彩，細胞被襲刺
聽見泡沫爆破如一顆星芒消散在宇宙深處

如一顆帶刺的松果掉落在寂靜的深山
帶著雷聲的雨珠撞擊午睡的額頭
哦，山上閉關修行的老和尚

過著真正無產而又真自在的生活
請開示我平等穿透人性無分別的正等正覺

而，山上原住民老巫師說，祖靈再來叮嚀
吃檳榔，吃檳榔發熱發汗殺死無形病魔^{（註）}
她也過著真正無產而又自在的生活
這世界已被新冠肺炎病毒癱瘓，政客倒一遍
她夜晚的窗燈常亮在老和尚半睜半閉的眼縫裡

註：新冠肺炎病毒治療經驗，證明中藥有明顯療效，檳榔在南方被列
　　為中藥療疫配方第一順位。海南湖南少數民族、台灣原住民早有
　　此說法。但治病配方可用，常吃應不宜。

槍聲

——敬悼陳明忠先生

歲月如梭，比子彈還快
穿過記憶的隧道，槍聲
從埔里追過來，你的二七部隊
如流雲越過溪水，藏匿在深山
槍聲在遠處，歷史的腳步沒有一刻停頓

一次閱讀，一個思想的**翻轉**
你毅然不顧家富的家父
加入當年青年社會正義革命行列
放下農學院的鋤頭，放下一時的溫飽
帶著飢餓與槍桿，在山區流竄

白色恐怖的羅網，碎散稀疏的紅星
二次入牢二十一年，無悔無悔
眼神堅定，心寄和平
手銬腳鐐，無視嚴冬
牢壁擋不住春天

多少同志在凌晨迎著朝陽被槍決
臨刑的口號猶刻在記憶的深牆
傷口挖出的子彈早已鏽蝕，而

槍聲，還在魂繞──
歷史還等待著一次洗禮

無悔，就沒有遺憾
生前已看見崛起的潮浪
身後將豎立新世紀的標竿
牢牆擋不住的春天，陽光的手指
會縫合分裂的歷史

煙火迷障

雲走出山，帶著冬天的衣服
走過山谷間的高速公路
就換成春天披著薄紗的茫霧
農民在春耕前燒著田裡的乾草
煙霧，像遠飛的炊煙

村裡遠遠響起放鞭炮的聲音
農民為從軍的兒子舉辦婚禮
大卡車裝飾的舞台歌聲傳的很遠
緊接著煙火咻咻的在空中炸響
電視裡，正播放中東的戰火——

同樣的鞭炮聲，響在清明的墳場
同樣的煙火衝霄在國家慶典的夜空
迎親與送葬的隊伍，在路上交會而過
戰爭與死亡，在電視上一閃而過
戰場的文字與死亡的數字比肩而行

火藥無罪，諾貝爾用文學獎贖罪和平
欲望，是欲望
是欲望讓民主更自由

讓執政者在敗選邊緣製造民調發動戰爭
讓軍火商的利益在勝選者背後升高預算

寧願減少婦幼與弱勢者的預算
也要舉債購買三代戰機，並硬說不怯戰
是權力與利益燃燒著欲望
欲望的煙火，如迷霧與幽靈
游盪在農民春耕前的土地上

海浪交會的弦線

——聽台東同鄉胡德夫在海南兩岸詩會陵水海灣歌唱

我看見地圖上的島嶼慢慢轉過來
一架黑色鋼琴的形狀，在你座前
背景是故鄉的都蘭山，也是
筆架山，也是這裡的五指山
——都是先民心靈裡的聖山

彷彿聖歌，從聖山，從深山地底
從海洋最深處與最遠的海岸那邊
——太平洋的風——真的被帶過來了
從分界洲島那邊，與印度洋的風
握手、擁抱、接吻、然後迴轉

雲層匆匆路過海上蜑樓的岸邊
無數的風帆與風幡飄揚在椰子林上
——鄭和下西洋時遠遠航行的船隊
天上的星星彷彿那些未歸的水手或逃兵
用寂寞的眼光祝福我們朗誦詩歌

海浪跪吻，歌聲帶出眼淚的時候
肝與膽在心跳與呼吸之間相照
我想到削瘦的台灣與圓肥的海南

歷史映照的珍珠與瑪瑙^{（註）}
會鑲在一帶一路這條項鍊的那個位置

如果真的可以用五指山的手指
從地圖上把島嶼慢慢挪動
像下棋一樣，或者像
壓著琴鍵猛放開手指，歌聲雄渾揚亢——
歌聲以兩洋交會的弦線把我們綁在一起

註：海南面積與台灣相近，海南山少平地多，狀圓。台灣山多平地少，
　　狀狹長。海南已被規劃為國際自由貿易港，將會取代香港與新加
　　坡，而台灣將被排除在 RCEP（東亞自由貿易區）外。

淡江遺音

——敬悼津平兄

嘹亮的校園民歌，還在耳際迴蕩
青草地上的草，還頂著我們
往上跳喊又往下頓坐的重量
還壓著我們的體溫
而你已走遠了——

青壯的兄弟，挽手圍唱著〈老鼓手〉
唱著，唱著——也都中老年了
而不會老的青春，如淡江淡海
如洶湧不停的時代風浪
已升起我們翹首企盼的飛揚的旗幟

再唱那一首，〈思想起〉與〈少年的中國〉
以民謠民歌連結的，海峽兩岸
或有夜霧與迷障
不用再擔憂，放心的走吧
時間會站在你走過的這邊

北投溫泉的風煙，歷史吹不散的記憶
走過的山路與校園長廊
從河岸一直婉延至海岸

淡水河口含著紙貼般的落日
夕照燃燒雲紙，灰燼向黑夜沉淪

而對岸長江口正迎著龍珠似的朝陽
滾輪似的沿海岸一直騰騰至黃河
這〈一條大河〉的激流，從心底往上衝
你嘹亮的歌聲，一路持續往上拉拔，不會停頓
不回顧，放心的走吧，東方紅已遍照地球

菸味

——二〇一九年台灣蔡英文政府外交專機走私菸有感

美麗的記憶與想像，有一條弧線
已如菸屎的灰燼彈向溝渠——
曾經與同學少年在操場邊緣，仰望太陽
與當兵班員在營地角落，影子疊著影子
我們一起用鼻孔噴出菸霧如畫

用嘴巴吐出一圈圈漣漪
菸味在空氣中蕩漾，她的眼睛
美麗的記憶與想像已如
火力發電廠煙囪上的黑煙
在彎曲著一種燃燒的不滿

我們是一群被冒犯的乘客
他們像在公車捷運內公然群聚抽菸
我們只是動畫裡的傀影，不存在的選票
空間與空氣是他們的，他們的特權
睜眼空茫無物，菸味與口沫瀰漫

沿著暗夜的菸味一路尋覓
詩經裡那隻貪婪的碩鼠，三歲貫汝啊
灰色的尾巴像菸屎挾在牆縫裡

牆內瀰漫著酸腐的汗臭味
傳出女女男男燦爛彩虹般的笑聲

我們增繳的稅，被取巧轉換為
多餘的過路費與過夜費，他人只是微笑看著
這早已食髓知味的癮癖，痼疾
這菸味的餘臭，從白天穿過暗夜
已是歷史污點凝聚成的結石

菸屎
——二〇一九年台灣蔡英文政府外交專機走私菸有感

夜空中的專機，一顆會走的星光
帶著過路費與過夜權
消失在太平洋彼端
漸晞的星光，微笑的眼神
夜色中閃熠的菸屎

想起父親蹲在西瓜園抽菸，夜深了
菸屎像螢火蟲閃爍，誰疑惑的眼睛
像星光被定格在河裡，完稅的印花
想起蘭嶼達悟族長老，坐在核廢場邊
用日本「楓」菸的菸屎燙著螃蟹的螯足

綠島牢房曾經囚禁思想政治犯的友人
他在戒嚴與戒菸之間思考左與右
囚窗外的星光，像菸屎燃燒餘燼
心中不熄的烈火，等待餘燼再生
星星之火，他渴望那星星之火如一滴甘泉

解嚴三十年了，還有一大堆菸屎尿
堆積在特權的倉庫裡，不斷增生
慾望的權力，上癮的癖痂

在煙霧瀰漫的密室裡，彼此交換狡點的眼神
女女男男如星光燦爛，玩同樣的遊戲

戒菸三十年了我，還看見食拇指間的菸痕
那種依賴的姿勢與心理，在影子裡
從個人到一個政權，同樣的感受
花更多的過路費與過夜錢，難有愧色
手夾菸屎的餘燼，不鬆手，能堅持多久

魚與餅

現代化蛋雞場

太陽不用喚醒她們
她們徹夜難眠，被馴化的母雞們
燈光下危機感可以增加下蛋數
星光與路燈微亮著憐憫的眼
蛋雞場在水稻田中央，夜燈

是夜色裡泛黃的蛋黃，天亮時
蛋白是周圍二百公尺漸亮的稻穗
稻香味淹沒了雞屎味，雞屎裡
淨的沒有一隻蟲，藥味完全殺菌殺蟲
麻雀與鴿們懼怕的保持著距離

她們聽說雙雌鴿下蛋數高於雌雄同籠
是少了那些沒有必要的干擾嗎
但她們都不是同性的同志，它們
卻是後現代化自動化標準化的數字
再不自由的囚籠裡自由的下蛋

與速度比快，是量變已質變異化能量
給人類，在透明的陽光下，荷包蛋
蛋黃像旭日重疊落日

蛋白是魚肚白的黎明照著雪原
眼珠與眼白，日或月

看不見，胚胎如蝌蚪
被封閉的兩極與陰陽，在夜色盡處
遠遠的，響起一聲絕響似的嘹亮的
公雞的啼叫──真希望能喚醒她們
久遠的似已完全消逝的記憶

進汽車修理廠

秋天，我已秋天的年齡
開著二十年的老車，以壯年的速度
下山，抖掉車上的落葉與塵埃
這半生，握過的方向盤，左右旋轉
總是難於握住未來，零零落落

零零落落的零件，逐漸鬆垮的身體
醫院與家家與醫院，來來回回
這老車也捨命陪著，也得
進它的醫院檢修檢修，還能跑多久
多遠，能照見多遠的夜路與陷阱

汽車廠近了，聞到油垢與鏽鐵的味道
常想起我兩個開卡車的哥哥
大哥開拼裝野雞卡車在大雨中車禍去了
父親忍痛退出江湖在溪邊墾植西瓜
躬身彎腰，做一個敬奉天職的農夫

二哥改開怪手拖車，在城鄉工地來回
他們常使我思考政治經濟學的問題
但我已不是青年馬克思，以秋天的年齡

如半山腰逐漸轉紅的楓，在風中有聲
在剎車聲中驚醒，一個慾望的陷阱

黑手師傅說，從車子內外可以窺車主的身心
這與身分價格沒有一定關係，這是治療
累了，總有累了要休息的時候
在秋天，總會聞到冬天後面的味道
這後半生，握住方向盤，繼續往前走

又遇比丘尼下山

山谷雲門打開，天光微明
走在山村的雞啼前，走在農民身邊
鐘聲，與她一起走出山門
我們總是在村口或公車站牌相遇
似乎都是在春分與秋分，總是有霧茫

在那兩個季節轉換的路上，總是匆匆
死亡的人特別多，她說；
流感病毒等瘟疫，魑魅魍魎
與死神，與黑白無常特別忙
助唸誦經超度的也一樣忙，總是牽掛

遇到貧窮人家就義務誦經，總是沉重
經濟好的就隨緣，近來景氣越差
上天似乎想向人說什麼，緊縮著喉嚨
與口袋，寺廟都明顯少了油香捐款
僧尼常下山到處化緣乞食，如候鳥

如候鳥，總是在春分與秋分時匆匆來去
如握春秋之筆的詩人，在生與死的路上
如何為生的喜悅誦唸禱詞，面對嬰兒

為死亡節哀書寫悼文，面對歷史
面對自己的善惡是非，面對不離不語的影子

面對無法斷根的慾望與饑餓，就下山化緣她說
面對懺悔慚愧與受辱時讓人學會轉消煩惱
早已忘記自己曾是個棄婦，只知課誦與靜修
如水溶於水，光映與光，音入與聲
為死者誦經時常隨著聲音使自己死去又回來

石材店

在幾乎被遺忘的小鎮，更多被遺忘的人
轉彎處山上有幾處墓塚，等著未到的人
石材店像一塊路標站在山的入口
偶而經過店門口會看見幽黯裡併散的火花
那是他在裡面鎚敲著石塊，聲如燐火或螢光

偶而坐著聊天，我們在石頭與墓碑之間
在生與死的路上，季節換色如衣服
迎親與送喪的隊伍來來去去
喜樂與哭聲，伴隨相同的樂器，他說
嗩吶與喇叭，叫著笑著名利名利

有時對著刻好的石像說話，期待頑石點頭
最常靠著刻好的墓碑午睡，靠著死亡
而能生存，從石頭的溫度
體會著那個人的名字與貧富
可以聽見昨日的笑聲還藏在名字裡

你來鎚敲試試，在火花與石粉味瀰漫中
在刻劃別人的名字中忘了自己的名字
幾十年刻過數不清的墓碑，如閃電刻劃大地

在忘記別人的名字中記取自己的名字
用手在紙上寫詩能如此嗎，都是手工業

用粗糙的雙手，從舊石器
走向新石器，從甲骨文到篆體楷書
這石材店，是我路上學習的私塾
在鎚敲字句的潛在欲望裡
看見燐火與螢光，也看見星芒

洗衣婦

記憶是一條觸摸不到，卻震顫的
最長最遠如閃電白裡繡金的線
它從書桌窗口，從午夢裡切開我
塵封五十年的一封信，沒有收信人
學生時代的我，為一個不識字的洗衣婦寫信

寫給那已死於八二三炮戰的兒子
說阿母很好，要吃飽穿暖──淚眼模糊信紙
記憶在陽台洗衣機轟轟的聲音中消失
歷史，像她用農民粗糙的雙手，上下
左右搓揉搗搥，已褪色的衣服

像改朝換代一樣翻轉的清洗
已經改朝換代的衣服
不識字的祖母用冬天龜裂的手掌（像台灣地圖）
洗著祖父不想換掉的清朝的棉襖
洗著父親日據下小學生的制服

不識字的母親用冬天龜裂的手掌（像濁水溪河床）
洗著大哥民國後常備役的軍衣
洗著我初戀穿的白色香港衫

——歷史常清洗掉應該記得的歷史
像洗機洗糊了衣服口袋裡的一封信

記憶會在歷史的雨水裡生鏽，腐蝕
必須捉住那閃電一樣白裡鏽金的線
像用手用力洗衣一樣的用手寫詩，用文字
上下左右，搓揉搗搗，像寫一紙投名狀
閃電一樣鐫刻在星空，與岩壁

老茶師

蹲著，瞇眼看煮水的火，嘟嘴吹氣
側影像那想要張嘴說話的茶壺
臉色在八十歲的黃裡藏有六十歲的赭紅
他盤腿端坐等水煮沸，如一座鐘
鐘響水未沸，他開口說話：

再也喝不到唐山猴子背簍爬上岩壁採的茶
有陸羽說的仙氣，而這裡
從紅土裡茁長的烏龍茶葉，根深葉厚耐泡
有黃土深處滋養的香味，喝多會醉人
茶湯也金黃透明如瑪瑙（水有滾聲，他續說）

茶水入口漱一下從牙縫吸再緩緩入喉
溫胃順腸打嗝醒腦，然後細品回甘——
回到童年，學猴子背簍上岩壁採茶
回到嬰兒，那捲縮的茶葉，像嬰兒的手指
在母親肚子裡緩緩舒張，想牙牙耳語（水已沸）

這是朝陽山頂沾露採的，那是負陰山坡的
那是雨後採的，如筍尖如犬牙如蝦米
他一壺一泡一直說，不再眼看沸水火候

泡沫形狀如雲如萍如魚眼，不斷泡破
聽懂沸水的聲音──如鳥如蟬如笑如泣

老伴剛去世──溫度與聲音還在身邊
父輩的老茶農，如入山泉水清
出山泉水已濁如我，如茶葉浮沉為茶渣
聽他沸騰的話語，來自生命深處
茶香還回甘在喉間，醒腦醒詩，醒此世

竹杖芒鞋

——悼念詩人管管

吾家屋頂星眼，你鳳凰樓居夜晚的窗燈
吾在屋頂常聽見，聽懂你朗誦：月亮，請坐
請坐，月亮，一起來聽
水缸裡的蛙鳴撐起了雨中的墨荷
水缸裡的眼睛是破碎的月亮在雨中

樹蛙與長尾藍鵲是我們樹上的鄰居
松鼠爬過電線至你家陽台，偷喝你的酒
老鷹又在屋頂的天空盤旋，太陽的年輪
黃昏遲到了。請坐，月亮，一起來聽
酒缸的肚腸正滾動著杜康的吆喝

就似那口缸，站在西風古道渡口，孤寂的
在歷史的十字路口，在山路的轉角
聽你敘說：戰亂中出生，喝母乳九年
父親愛書早逝。出門買醬油的鄰居
被捉去當兵不久，也來捉你，在玉米田中躲藏

三天三夜，終被飢渴打敗，十六歲被捉當兵
槍比人高。母親追至村口，喊著兒啊——
直至她死前一直喊著兒啊——你眼裡含淚

步槍芒鞋渡過海峽七十年，如今竹杖芒鞋
輕勝馬，蒼髮熱淚，也無仇來也無恨

那場戰爭，同村的兄弟分別在敵對的軍隊裡
已死的，等在歷史隧道的那頭說
不要戰爭，不要再有那悲慘的戰爭
聲音迴盪。山谷寂靜，只讓月亮一起聽見
你的詩畫與春天坐著小河從山裡來

後記：二〇二一年四月中旬於山路散步遇鄰居的詩人管管他竹杖芒鞋，
　　　吾不知何故突問竹杖堅韌何處取，其即欲將竹杖送吾，吾笑曰
　　　是詩的傳遞？其笑而不答，吾說吾需要時再去砍取。不料五月
　　　一日即聞其跌倒去世，享壽九十二歲高齡，回想其欲交竹杖事，
　　　似有預感，噓唏以詩記之。

東門賣瓜

這寄居十年的城市總是有個缺口
北門古樓城堞像掉了門牙的牙槽
不想說話的守門人，任風吹著臉頰
時而在秋冬向東春望，那個退役的老將軍
在東門外賣著，賣著故侯瓜

而我也曾是十萬農民大遊行的總指揮
常在夢中吶喊指揮數十萬旗幟颯颯紅衫軍
那十公里長的遊行隊伍走出一個尚未消失的大問號
回看他賣瓜的背影像當過日本充員兵的父親
在我這個年齡已無壯志的守著西瓜園的一塊夢土

「青門賣瓜人，原是東陵侯」李白看見他
現在賣著冬西南北瓜，偶而主婦拋來媚眼
「投我以木瓜，報之以瓊瑤」他站起來
以抗日將軍的口氣說「一斤十元，便宜」
憶苦思甜，苦瓜在草色中滲透月白光澤

父親曾經在扁蒲嫩莖上稼接西瓜苗抗蔓割病
在絲瓜藤上稼接苦瓜抗毒素病，在他的後半生
接上了我對土地的深情與寫詩的愧疚

曾經是與他對立的理想，在他逝世三年後
已然融合，身心勞動足以抵抗物欲與意識的誘惑

「東門時賣故侯瓜」退役的老將軍
「門前學種先生柳」鄰居的老政客
曾經想在風雨中翻飛學晨雞啼叫的昏鴉
已是在池水裡潛掌划水的綠頭鴨，應知水暖
伸頸叫幾聲，是否也知遠方的刀俎

老農賣筍

他盤腿端坐，如一叢竹
斗笠的竹葉已叉開向上開花
尖斜的影子像剛冒出頭的竹筍
手指在陽光下堅硬如竹節
腳板也如竹根一樣斑駁著土色

比太陽早起床，沾著露水
隨霧氣摸著小路走進竹林
比地下沉默著的筍苗還安靜
才能聽見竹筍要冒出土的聲音
鮮嫩的竹筍看見陽光很快就老了

比山豬更敏銳，與山豬爭食
在山豬嗅出土下筍尖的甜味前
挖走竹筍，背簍晨曦下山
盤腿坐在交警不會干擾的角落
讓識得筍尖甜味的路人駐足

與他相隔一根竹子的距離，我的影子
駐留了一根竹子撐過太陽的時間
像山豬嗅到土下嫩筍的味道

筍香餵給我詩經裡清澈厚實的初心
竹葉端午包粽子，香給我屈原的求索

孟宗竹孝桂竹貴，綠竹笛麻竹簫
不吃湘妃竹，惜她淚痕斑斑魂猶在
老農賣竹筍，歹竹出好筍，聽說
兒女出博士，或有竹林七賢的氣節
或是衙齋聽蕭蕭竹，也疑是民間疾苦聲

木材廠

追悼一棵百年牛樟樹，死後的餘香
來到這個木材廠，聽巨齒的哀歌
盜伐者在議論價格，聲音高亢：
這是棺木與神像好的材料
大材大用小材小用，樹心沒有白螻蟻

它以年輪的眼睛望著深山的出生地
雲如披髮，月掛耳環，它曾是把劍
山體的手掌緊緊握住它，青筋暴露
瀑布已是英雄撒淚，鷹嚎送別
盜伐者繼續議論價格，欲望在煮沸

樹的靈魂：深山冒著青煙
樹的沉默：棺木與獨木舟
樹的屍體，越死越香——
檜、櫸、楠、楓，化炭耐燒的相思樹
尚有老婦來銼刨樹皮，刮骨療傷？

入夜，盜伐者乃持續議論價格
木材廠趁夜色，讓巨齒盡情歌唱
巨齒或是痛苦哭泣，木屑濺出血淚

泣訴，呢喃──如頌辭如喪歌
嗯，出山泉水濁，苦心難免容螻蟻

莊子無用之樹，路人嘲笑不伐豈能苟活
樹洞竅門尚在狂風中歌唱：接與接與
以詩追悼百年牛樟樹，死後的餘香
回首深山，雲與山峰如浪
樹的靈魂，冒著青煙──

魚與餅

　　——在河邊觀紅黑螞蟻列陣戰鬥想起韓信

饑餓，使魚向天空仰望浮雲似的誘餌
使紅黑螞蟻在河邊爭搶鏽色的餅屑
他忍凍饑餓，在河邊想像自己已老
思考姜太公釣魚，這世道誰願上鉤？
竊珠者誅，竊國者侯，這病毒肆虐的世紀

大雅久不作，詩經楚辭淪喪的亂世
他在螞蟻的列陣中對應兵書，亂中有序
例如水波，落葉，他聽著，能一一點兵
饑餓是農民革命的動力，他徹悟
人是鐵糧是鋼，大軍未動，糧草先行

那個好心的老婦人，幾次及時送他餅
她早已忘了他，每天照樣到河邊幫人洗衣服
那個屠夫鄉霸，讓他忍辱胯下行
他記得胯下的陰影與尿騷味
人性與歷史，常在誤會裡交錯磨擦出火花

聖經裡，五魚二餅真能解救眾生饑餓嗎？
或只是安慰靈魂在地獄門口的徬徨
戰爭，從春秋戰國到楚漢相爭至八國聯軍

一戰二戰，伊拉克與阿富汗；石油與毒品
戰爭總是驚不醒人類貪婪的靈魂

曾在指揮十萬農民大軍的幻夢中忍凍饑餓
近河邊，似烏江，似見他將軍的背影閃爍盔甲
聽見虞姬在楚歌中為項羽獨唱輓歌。至李清照
悲憤南宋「生當為人傑，死當為鬼雄，至今思項羽
不肯過江東」。而海峽上空，新冷霾霧結舊霜

嘶喊

捷運地鐵忽忽的聲音
已緩緩如山後溪水潺潺
站口外的天空沒有閃電，卻有光芒
匆匆上下樓梯的人群，如薄霧聚散
他的嘶喊喊出寒冬的光暈陣陣蕩開薄霧

他歪著粗壯的脖頸，筋脈突起
歪著厚唇的嘴巴，坐在輪椅上
嘶喊著「買麵包！買口香糖──」
饑餓與饑渴，這雷鳴的迴音
震顫塵封久了的，甕底的心

被閃電擊中，磨擦著細雨
眼霧中的水漬──
這聲嘶喊，勾起久遠前讀過的〈吶喊〉
兩種聲音，兩個時代
一種驚醒，一種莫名的撞擊與悲哀；

失業者計算著失業率如心電圖起伏
越來越多的自殺者不再寫長長的遺書
只因欠債，股票猛漲猛降債務深入海底

不必死於似遠實近的戰場
卻被困死在貧富差距的陷阱

他是那麼勇於掙扎前進，這後半生
用一隻手臂滑動輪椅的輪子，如划著槳
如剛蛻皮的蟬高聲嘶喊著，吶喊著
各色行人如季節匆匆來去，如濃霧聚散
踽踽者，一路追尋那無形的資本詭譎的影子

觀高爾夫球場

就只容他們三人走向第幾洞？能走多遠？
一生能走盡多少洞與陷阱？
優雅的走在草坪上，偶而交耳竊語
許是那重大的不可告人的政策或工程
許是股票房產與兒女情長，叨絮敘說

扛著球桿，彷彿慵懶的逃兵扛著槍桿
球袋小弟也像難民拖著包袱
他們踏在被陽光曬軟的小草上
──這是一塊受傷結痂的土地
大地的傷疤，歪斜的嘴唇炒過的地皮

用力揮桿的姿勢，影子彎腰扭背
很像，很像祖父曾經在這塊田地上揮鋤
鋤頭用力往下濺起沙土，影子埋進沙土
他偶而站著掀開斗笠擦汗，喘氣喝水
腳下剛播種玉米種籽，五分地

毗連地的花生，再過去是地瓜，再過去
是金黃稻花香瀰漫的水田，這些糧食
已被埋葬在散發殺蟲劑氣味的草坪下

陽光，依舊照耀著丘坡的曲線
依舊，照耀著丘坡對面山腰的墳崗

墳場哀樂遠遠傳來，夾著燒紙媼煙
墓碑的眼睛，俯瞰這受傷結痂的土地
飛高的小白球像一顆子彈
偶而擊中墓碑的眼睛，眼皮眨一下
一定是有死去的人想站出來說話，為他的土地

父女理髮店

冬天用雪刃的剪刀剪過，紅葉落盡
春天的髮梢已悄悄長出耳鬢
季節交替交錯，如剪刀的聲音：
蜩翅與蟋蟀，共振共鳴
風與蜂，遠方除草機徐徐而吟——

如季節交替與剪刀細膩的聲音
理髮店的父女持續交談 ---- 夜幕下垂
這都市最邊陲最便宜的理髮店，有光
父女的身影交錯著兩個世代
相依為命，得以溫飽，他說——

坐在這父女之間，已經很久了——
坐在親情與愛情交錯的間隔
在兩種重量間平衡，坎坷前行
在兩種思想裡思索，搖擺起伏
如剪刀的兩片刃，剪不完的

這路，這理髮店是一個坐下來休息的小站
如這分離多年的父女再回到一個家
如剪刀的兩片刃緊緊夾在一起

謙卑而熟練，面帶笑容
剪裁著世人數不盡的煩惱絲

這服務業，這手工業
與我俯首用筆在紙上寫詩
擦沙的聲音，如窗縫射進來陽光
具有相等的質量，如菸味與髮香
瀰漫著父女持續交談的聲音——如月色

父子搬家

父子形影相似，如流出村莊的兩條小溪
帶著候鳥的羽色與行李，聽季節的風聲
拋物線懸繫著遠方再也上不去的風箏
父子淚眼相視，俯首，又回到出生的地方
——時常打工搬家而終以搬家為業

像一對猴子或猩猩，對視著盤捲繩索
父親喊聲嗨把繩頭拋過疊滿傢俱的車身
兒子在那端接住，打成一個羅漢結
一嗨一拉，繩索把覆蓋傢俱的帆布紮緊下凹
然後互相使個眼色比個手勢表示可以了

這從小半癡的兒子曾使父親自棄離家謀生
而終於更加絕望而徹悟，這是此生的債
這謀生的技能，便是父子今世的相伴
在大都市搬過幾百戶的家，看盡朱門酒肉臭
總是恍惚的，搬著別人早已不在意的記憶

白天搬出太陽，夜晚搬進月亮
搬不走月光與星星，搬不走夢魘
看見月光如何搬走星星，搬走雲

銀河如何從村莊的上空流出去
路，又陪著父子慢慢走回來

他倆幫我搬家去他倆的村莊，一來一去
在路上，在路上交會時，我驀然回首
驚問自己真正的家呢？父親早已撿骨入甕
他的墳坑又搬進一個新的主人，以前的鄰居
墓碑字跡鮮紅，草色猶新，天色微暗

賣菜老嫗

似聽見自己童年沿街賣菜的叫賣聲
已逝的母親天亮前就蹲在溪邊拔菜
此時，看見她孤坐在市場外的巷邊
河口的冬寒鋒利的切著刀刃似的牆角
街頭紅綠燈，遙遠如昨夜的星茫

我從演講台上一個農運指揮者的高度
走下台階走成一個流浪者前進的速度
用歌聲與嘆息測試周遭與遠方的溫度
測試虛實，像一個逗點或音符，一個休止符
站定在她面前，愧疚似的對視著

「有機，有機的，自己種的」她的口音
在原住民與閩南語之間的語言，有頓挫
「有雞？無雞？自己養的還沒長大」她瞇眼苦笑
有依無依，自己養自己，像山，像山裡的樹
她依靠但不依賴這城市的文明，老的很乾淨

我思考政治經濟學的依賴理論，但她不適用
她蹲在那裡已似一個沉思者雕像的影子
皺紋的手指，拿起詩經裡常有的野菜

卷耳、蘩、薇、蓼、荇、蘿，詩經裡的美與生活
母親種的山茼蒿、九層塔也會散發詩的香味

如買一本詩經，買一把山蘇與刺莧
買一個有機的，自信不再依賴的價值
她手指的溫度，閃著顫抖的陽光
觸電似的觸摸到土地深處的心跳，賣菜老嫗
感謝妳提醒，我還是一個走在路上懺悔的詩人

觀駝背老婦種菜

小小鄉道已被春草無聲漫入，沒人看見
她的拐杖是手推的四輪嬰兒車
駝背彎腰雙手抓緊手推桿，一步一步
迎著春意與晨曦慢慢走向路邊的菜園
身後的影子伸直了腰緊緊跟著

挺腰緊緊跟著的影子似乎怕她跌倒就死了
影子豈能知道她心底已無依賴罣礙
推著嬰兒車如嬰兒學步艱困而自信的走向
一塊小小的方寸之地，是她俯身的一片
天空，是雙手磨擦陽光的鏡子

她俯身拔草，幾乎要吻觸到土地
向土地說著自己才懂的話，彷彿只想埋骨在此
幾乎沒人會看見她，蹲縮在安靜的菜園裡
在自己的小方塊裡畫著餘生的圓，有蟲鳴鳥語
有綠有紅有白有黃有茄子的紫，如此多彩

有時推出嬰兒，用累積的歲月與她的世代
推著另一個世代向前走，她也向前跟著活下來
嬰兒偶而啼哭，應知父母都奔波在生活的路上

這菜園是他們沒有後顧之憂的淨土
她努力的活著，以手栽的有機蔬菜供養兒孫

她應是我早逝母親活著的年齡了
同是農婦的背影，總是被晨曦拉長拉直腰桿
總是與最後一抹夕照走回家門
留下還清債務的，一塊方寸淨土
一個永不死亡的大地上勞動者的寸心

再遇老兵送報

他像那些被網民減退快消失的報紙
在人群中逐漸稀有的人力與行業
秋風颯颯在路上追逐零星的落葉
流浪狗吠叫追逐他消瘦拉長的影子
他的影子在小路盡頭催促黎明

鬧鐘傳出記憶裡遠方故鄉的雞啼
彷彿從正在深海游泳的夢中驚醒
然後他要驚醒黎明，用影子拉出陽光
與陽光同時走進偏遠老人聚居的村落
在狗吠聲中挨著巷弄與門牌信箱遞送報紙

這逐漸沉重與多餘的文字，在陽光下閃亮
偶而看到紙上大字標題有關戰爭的新聞
他會留意多看一眼，或是有關兩岸緊張
戰爭的記憶與回憶，像細細爬行的螞蟻
以細小模糊的鉛字在紙上爬行，越細越遠

然後在硝煙與炊煙的朦朧中消失──
不管科技網訊多快速，文字總是走在前面
例如光總是走在車燈前面

而影子總是走在光的後面
例如那些新聞之外多數多餘的存在

人類慾望與訊息增長的速度是那麼快
他的速度是那麼慢，但他醒走在黎明前
打開半睜的窗戶與眼睛，看見他，打個招呼
就看見陽光，當所有輕浮的文字如謊言蒸發
陽光還是會照亮土地上各種拓印的文字花紋

山頂送報伕

如樹迎接風，相遇時我總是向他舉手敬禮
向早醒的晨曦與山峰敬禮
他的年老有我年輕的記憶，不畏風雨
為賺學費我在上學前趕著送早報
那時就知道如何提早叫醒惺忪的太陽

總是像行軍隊伍前的吹號者，在黎明前
驚醒黎明，追著拉長的影子衝刺
他那久久訓練出來的敏捷身手
精準的將報紙飛插在半開著嘴巴的信箱
我記得那種速度與力道，手與文字的磨擦

手與文字的拿捏，讓我迷惑在寫詩這
與他一樣在山頂頂著寒風手工送報的寂寞行業
山上住著一群退役與退休的老人，遙遠的鄰居
電腦與手機他們陌生又排斥，彷彿是多餘的文明
習慣用手拿著報紙的距離，那紙的味道與溫度

他們與早醒的土狗雀鳥一樣靈敏，豎著耳朵
遠遠聽見山下送報的摩托車聲，在山間
有音節的往上爬升，往上推高了陽光

彷彿期待創造文字與印刷的過路的神
影子緊緊貼著這逐漸消失的文字的化石

那天早上，太陽也懶得起床忘記上班
整座山等不到音節一樣爬升的摩托車聲
天空與樹林像沒有人類與文字前一樣的，靜寂
彷彿在期待創造文字與密碼的過路的神
我站立山頭學雞啼，挺胸呼叫他與太陽的名字

再遇孤狗

在懸崖上觸摸落日，冬季的冷還能
炙熱指尖，因為熱中腸火
苦熬著肝膽，驚醒眼睛
這山居生活第三次，在自我流放的路上
看見被主人拋棄流浪的狗

牠坐在山路邊等主人回頭
落日像盛著食糧的圓盆
饑餓如燃燒的雲，火舌翻捲
燃燒著眼裡的血絲，牠嗅著空氣
落葉在冷風中呼喚牠的名字

不久牠將忘記被使喚的名字，只剩風
牠將忘記主人的聲音，在被追趕的路上
在被生活追趕的路上，我又能記得
誰才是自己真正的主人，三次失業
濁流裡如何能忘記名與利，只剩風骨

偶而爬上懸崖上觸摸落日，想要觸及
真正的溫度，讓指頭燃成火苗
但影子已在斷崖邊折腰

飛鷹在影子邊翱翔
請銜走我的影子，如我的衣服

使我赤裸，在烈風中裂出靈魂的真相
來看看誰才是誰的主人
繼續在生活的路邊，生命的河岸求索
落日像剛烤好的酪餅，饑餓如燃燒的雲
兩種饑餓，熬烤著如何走出這條叉路

觀百衲衣展

慈母手中線
遊子身上衣

在一塊塊稻田中穿插，白鷺一樣遠飛的遊子
帶著遠方一片片山海與江湖
與斑駁破碎的夢
回來站在村莊的破廟前
穿著百衲衣的老和尚，似祖父的身影

他以農民最初勞動的，貧困的底層
以血汗交雜在泥土裡
給父親牛犁，給母親針線與土灶
陽光下犁開的土塊在月光下呼吸
夜色滲入母親被灰燼燻黑的臉

她如何看見遊子內心海一樣的波濤
雲一樣斑駁的記憶，如何用針線縫合
血汗滴在衣服都留下色味
不像淚水與風
不像嬰兒的啼哭

悲喜交織的生活，這沉澱的色彩
油鹽醬醋的色彩
潑墨的開懷與版畫的固執
以最後現代的技巧以最寫實的情愫
撼動塵封的，家國百年歷史的疼痛

在回歸黑白之前
在影子之前，靈魂裸身的遊子
尋找一件前世的衣服，在百件百衲衣前
在彎腰勞動與頷首祝福的祈禱中
有一條路等著，有一個人在路盡頭等著

沙漠的波浪
——在海邊廟口聽蘇澳樂齡非洲鼓隊擊鼓

指揮者伸頸眺望海上層層的滾雲
雙手如雙槳，破浪中的舵手
傾身伐動一個鼓隊陣陣前行
鼓點如驟雨，海面起伏如沙漠
鼓點如潮浪，飛魚拍翅的節奏

那首兒歌；白浪滔滔我不怕
激盪在這群祖母級樂齡的鼓手心中
海邊，海岸線沒有盡頭
廟口，靈魂的天堂在咫尺
祂們聽見眾生，擊鼓，睜眼

媽祖站起來看了，又趺坐
看這群鼓手四十人三千歲
鼓聲響徹三千里，是三千年前
非洲鼓聲，人類共同的心跳
沙漠的波浪，交錯踢踏與潑喇的韻律

鼓聲在沙漠中疾風捲動滾滾沙濤
浪花跳起來又跪下去，她們手拍層層浪潮
鼓隊是一艘舢板破浪出港，左右搖晃

遠方那個島，一個最大的鼓
日月的鼓槌，已掄過千百萬次

聽見鯨魚和海豚躍身呼叫
一個個陽光下透明彎腰的音符
一個個不會衰老的身體，她們
用最平凡的手掌擊拍夾在腿上的非洲鼓
鼓聲震蕩晴空，青春留給，眾神與眾生

註：二〇一八年七月二十八日釣魚台教育協會於蘇澳漁會辦理研習營，
　　開幕儀式在港邊南天宮金媽祖廟口舉行，由蘇澳樂齡非洲鼓隊開
　　幕表演，筆者現場朗誦詩。鼓隊教練與指揮是漁民的女兒，留美
　　返鄉的音樂博士陳碧燕，多次聆聽她指揮擊鼓，感而以詩記之。

輯四

路聞蟬鳴

路聞蟬鳴
——金蟬蛹潛土下十七年蛻化爬樹振翅而鳴交配而亡

走到叉路蟬聲已破涕，陽光笑碎在樹下
你們一直在高處，想要控訴或求索什麼
披著黑衣，終生嘶鳴不疲倦不分叉
何處寺廟傳來鐘聲，你們似聽懂什麼
瞬間聲音變細，變沉，如鐘聲後面的誦經聲

悲欣的誦經聲，使我想起十七年
那攜衣缽隨獵人逃難十七年的六祖慧能
聖經舊約新約間耶穌十七年的生涯空白
而我的十七年，走在一條似熟悉又陌生的路上
走在城鄉兩岸春秋，唯物與唯心的路上

沒有奇遇卻有歧途，不是末路已是叉路
在螳螂抱影與黃雀喙翅之間
生活匆忙生死兩茫，在半路上又聽到你們
沉寂十七年往上爬，費力向天空呼喊一個名字
不禁想逼出眼淚回應你們，還在哀民生之多艱嗎

縱使嘶聲正午時像鋼針一樣刺向太陽
知了知了再高揚，也叫不住往下沉的落日
風緩聲細，風疾聲沉，風狂聲泣

飲盡晨露聲不啞，終將止於夜色前
徒勞的嘶喊總被聽成饑渴的怨恨^(註)

在初夏相思樹花的菊黃與油桐花的雪白間
嘶聲陣陣推來說不清化不開的香味
層層疊高，高過山後的佛塔與雲樹
不食人間煙火的呼喚，既知了知了，還追問什麼
是怕秋來不勝寒？是為驚醒風雨不晦的雞鳴

註：唐‧李商隱詩〈蟬〉：本已高難飽，徒勞恨費聲，五更聲欲斷，
　　一樹碧無情。

河水一直回答

走了一百公里的路，影子也累了
它在斷垝邊折腰，背著夕陽
我矗立著，我不想傾斜
挺胸，向如浪起伏的群山
大聲呼嘯一聲長長的狼嚎——

睡了一天的雲，被我驚醒
蕩開，被掀開的棉被露出赭色河床
百年相思樹，千年紅豆杉
聽懂我，一直想要說的是什麼
萬年的河水一直想要回答

遠方，高鐵快速在兩個隧道間的山谷
穿過，沒有聲音——
應是被我的一聲狼嚎震頓了一下
形如織機穿線中的梭
似閃電以流星剎那擊中片刻的記憶；

記得，站在翠綠西瓜園的邊緣
長長河堤突起的尾端
像海堤靠海聳立的燈塔，背著夕陽

向如浪起伏的瓜畦，向著躬身的父親
大聲呼喊　「回家啦──天暗了」

「回家啦──」　萬年的河水一直回答
走了一百公里的路，家還在遠方
聽見拉尖拉細的狼嚎與雞啼
聽見最深的水，人類最初的家園
似閃電以流星的光芒映現

秋決的春望

——為台灣2020年1122秋鬥遊行而寫

這是秋決蕭穆的氣候
我們是提早開花的油菜花
為了躺成泥土的肥沃
在風中搖擺，努力開花
開出菊花的金黃，桂花的清香

看看那些不想發芽的種籽
人口初生率低到世界腳底
失眠症世界第一
尿毒洗腎世界第一
肝硬化、肺癌世界第一

我們還要吃更多瘦肉精的毒嗎？
三十年薪水漲幅逐漸枯竭
貧瘦如柴還要吃更多瘦肉精的毒嗎？
我們是豬嗎？我們會走在路上呼口號
但不會選舉的奧步與謊言

當我們被山上的野豬嘲笑
像在牢籠裡將被刑試的白老鼠
但是，我們是被冤枉的孩子

不是被餵食瘦肉精的豬仔
我們走在秋鬥向春天開花的路上

和眾多的伙伴；士農工商，食安環保
在自由而不自由的言論市場
在叫賣豬肝豬腦的街邊
我們走出秋鬥向春天開花的路
為了一種延續的責任與希望

再遇蟬鳴

從端午高歌至中秋，嘶鳴不啞
聲音似沙紙磨擦著天空
陽光也磨擦出薄翅震顫的嘶嘶聲
日色從金黃磨成赭紅而酡紅
高聲把樹升高為佛塔，佛塔裡傳出的誦經聲

雨前嘶聲先暗沉下來，雨絲慢慢下成雨柱
似釘似箭的雨，使牠們把樹梢抱得更緊
把嘶聲鞭打成是釘是箭
釘進我的記憶，射穿我的思想
──在雨幕中看見金紅的陽光

風來了，風雨中的嘶聲遠如雞鳴
雨停了，嘶聲是破雲而出的陽光
把秋天拉回仲夏
把弧線似的季節拉成直線
拉長拉細，針一樣穿過耳膜

針線一樣，嘶嘶的縫補撕裂的愛情與思想
哦，從端午走向中秋，這山路
不疲的蟬鳴，伴隨疲倦的耳鳴

在小屋小窗，聽著胡琴低吟低泣
那時的回憶如蟬鳴藏在樹林深處

這是南方才聽得見的高亢蟬鳴
在初夏相思樹的金黃
與初秋鳳凰木的鮮紅間
我卻聽見北方入冬的初雪
如蟬鳴似耳鳴，在記憶深處的井裡

端午蟬鳴

粽子的香味激盪著饑餓
屈原的九歌在天空梵唱
眾生的眾聲，千百隻蟬鳴
越高處越勝寒，但這是仲夏，這是
仲夏，路漫漫塵埃飛揚如蟬鳴誦唸離騷

你不是詩人，粽子的香味也能是詩味
你只是詩人，無效的對著火車朗誦一首
長長的，持續的工農工農惹人煩的詩
火車駛向你離開又回來的地方
你趴下去聽鐵軌下土地叫痛歷史的聲音

蟬鳴在海邊的相思樹林，風向海浪
浪聲與泡沫與蟬鳴齊飛
相思樹林被蟬聲拱上雲裡
雲在聽；這似閃電與雷雨的聲音
雲在想：什麼時候可以下一場蟬鳴似的陣雨

面對海浪，鹹鹹的風一直吹亂頭髮
偶而回頭卻聽見汨羅江的水聲與哀歌
划龍舟的吆喝與鑼鼓一晃而過

詩的原鄉與思想的原鄉
遙遠又深邃的呼喚──

鋤犁與筆觸的火花，總是刺眼
勞力與勞心，唯物與唯心的路總是坎坷
端午的蟬鳴與海浪，聲音似悲似喜
路漫漫，塵埃與泡沫迷濛著陷阱
還要持續上下求索，哀民生多艱嗎

蜂與風

風還沒吹到，就先聽見蜜蜂的聲音
彷彿閃電還沒下來，悶雷還悶著
雨聲就稀稀細細，嗡嗡的由遠而近
雨洗淨了塵埃的近午，油菜花已黃黃黃
恍恍開了一大片，燦爛在金黃的陽光下

這是蜂群的天堂，花粉的喜宴
而養蜂人在嘆息，他是流浪的農民
蜂的追逐者與保護者，不敢誤花期
風的聆聽者與控訴者，總是在想家
風大了，蜂少了，誰知道

遠方到處是蜂群的墳場
勞而未知死的工蜂，成群在逆風中前進
龍眼花與芒果花的香味，像磁鐵吸著針
吸著蜜蜂的複眼與螫刺
生的誘惑藏著死的陷阱

無知或無奈的農民，為除粉蚧蚜蟲
噴灑農藥，水霧在空氣中瀰漫出彩虹
如雨聲稀稀細細的，由近而遠

蜂群像釘子似的驟雨嗒嗒落在地上
來不及飛往油菜花的天堂，也回不了家

不知是誰教會蜜蜂依高級幾何原理
築成堅韌六角形窗孔的蜂巢，把風雨
擋在窗外，把蜂蜜花粉留給人間
把勤勞分工的組織示現給人類
和風一樣，和季節一樣不求任何回報

爬趴掙扎

為了求偶，松鼠在樹上叫了一個早上
叫乾了露水，叫高了太陽，叫矮了山
叫出春天樹枝上的嫩芽，叫不出花香
楓樹在風中笑這痴傻的雄松鼠
笑牠饑渴與焦躁的動物遺傳本能

慾火叫不來春天遲到的愛情
似要燃燒出哀號的眼淚
牠慾火的叫聲引來了威脅
兩隻流浪狗跑過來吠叫，伸舌流涎
我在另一棵楓樹下靜靜觀望

我在一個人的生態與距離裡靜靜觀望
影子徒長進斑駁的樹影，隨風搖曳
我以一個人的姿勢與眼光靜靜觀望
那隻因饑餓被捕獸夾夾斷腳趾的公狗
被雄松鼠的叫聲激起了怒火與慾火

牠瘸著腿趴上母狗的背，然後滑下來
牠又趴上去，母狗跌進水溝，牠又趴上去
至死也要──松鼠因此敬默，楓樹直腰

彷彿，拋棄這隻流浪狗的主人，他還在
高利貸的債務中掙扎，還要聲色流轉

流盡血汗，流乾淚水，至死也要
讓兒女擺脫這人世的債務與陷阱
我在一個人的孤獨中敬默，靜靜思考
欲望與慾火，饑餓與饑渴的距離
在樹下站了一個早上，忘了我還得，趕路

分別鳥聲

出山泉水濁，人的聲音也一樣
入山泉水清，鳥的聲音也相似
上山採蘭花，不比採菊東籬下
這和寫詩一樣收入微薄的行業
徒然增長心靈清淨與智慧

蘭花有王者之香，奇蘭處有蛇守護
繞過它們，繞過誘惑，從水聲裡聽見
鳥的聲音與顏色，夾著樹葉與陽光
淺水經亂石會有蛙鳴似的鳥聲
細水入潭影，試聽有人在私語

空中與樹林裡的鳥已逐漸相識
總是叫不全它們的名字
悽厲刺耳的要你記住它
溫馨婉轉的讓你懷念它
如水聲頻率，入流亡所，相應分別

農民接山泉的水管，水聲咕嚕如鵪鶉
老鷹過處寂靜，烏鴉叫了眾鳥聒噪
伯勞杜鵑，鶯燕雀鵲，就是不想

學舌的鸚鵡與八哥，久了漸漸聽懂
在食色食色間的語言，這應物的通性

這原是上山長居想格物致知的道路，或想飛的
障礙，在生活奔波如從生死場搏鬥出來
在詩與文字的耽溺與迷惑中也屢屢受傷
上山採蘭，不比採菊，在水聲與鳥聲中
總是會聽見農民在水源處寒暄與吆喝

盆栽增減

天空盆栽一樣的雲
總會開出各色的花
奔波在生活與生存的路上
常駐足仰望天空，傾聽悶雷
如停下來的雨，想澆灌那些盆栽

從職場遣退下來，心中常掛著一陣雨
呆望窗口外雲一樣的盆栽
交際應酬往來送迎少了
陽台的盆栽就一盆盆多了出來
它們常伸手觸摸懸掛的衣服

彷彿想觸摸到人類的溫度
葉尖刺著衣領，我感覺
偶而會被刺痛，幾次
從職場上敗退下來，看著那些逐漸褪色
掛空的衣服，輕輕搖擺著沉悶的饑餓

看見失業的同伴多了，夜市擺攤的也多了
開計程車的也多了，背著殼亮著燈邊尋
總是此不足彼有餘，總是朱門酒肉臭

誰在意銀河在白天消失了一顆流星
地球的重量不因誰死亡而減少

卻因誰的誕生與生存而旋轉
哦，盆栽素心蘭在窗口想說什麼
明知使命寫詩也抵擋不了地心引力使人衰老
這盆栽一樣養著的身體終將消損
願筆力猶在，花香能留存多久就留存多久

莊外的樹

邊境的邊境，疾風中有人在說話
似莊子的擊壤，接輿的鳳兮
要再走下去嗎，再往難，往南走
經過那個排灣族部落，看見海
就再也難聽到傳說與故事了

只想在莊外傳說中的那棵樹下
睡一個前生
夢裡身是樹，夢外身是客
誰是這棵樹的主人，請問行路人
誰是要賣這棵樹的土地的主人

土地因為這棵樹而沒人敢買去開發
這千年老樹，樹枝像千手伸張
樹葉像千眼閃爍繁星
有靈有神，有鱗有鬚
高入雲霄觸吻閃電，根穿岩石緊抓山體

一個不願疲倦的行路人，常把樹影當成家
愧疚的，早已賣了土地的農民子弟
用卑微的詩人的眼神

看這棵樹枝椏間水火相交的字形
聽山風颯颯從樹葉與樹洞間穿過

聽莊子齊物篇中大自然的響聲
歡唱歌泣哀號苦吟叨唸囁嚅嘆息控訴
片刻沉寂，看見遠方寧靜的海
苦味的年輪，也會引來喜甜的螻蟻
這大樹如神站在那裡，遠山都低了下去

處暑震感

颱風載著一個水庫的雨水在空中旋轉
像長出利刃的飛盤逐漸靠近
它是我用盡全力想要推開的惡夢
在黎明的邊緣磨的發紫發紅
此時，我在深海的斷層中被震醒

床似在海濤中搖晃的船
船是在翻捲中被拋開的身體
疼痛，是地球的不滿或是善意的啟示
地殼軋轉著軸輪，骨骼磨擦的聲音
地震，地震，千萬人同時驚叫

這黎明前的呼喊，在無助中蕩漾
片刻就喚起那些記憶——
母親黎明前在廚房摔破碗盤的驚響
父親黎明前吆喝水牛觸動鋤犁的騷動
——記憶瞬間幻醒

——看著想要離開大陸的島嶼
搖晃，拉扯，頓挫，躊躇
雙親的呼喚與吆喝，敲不開夢境的窗口

在黎明前，感受到
母親的愧疚與父親的容忍

從驚蟄至處暑，地牛不忘初衷
但歷史的斷層一再使人選擇性遺忘
被殖民與半殖民的島嶼
從床與船的搖晃中，越走越遠
已到陷阱旋渦前，如何才能將他驚醒

月桃伸手

山路越冬已狹小，野草已不等春天
兀自向路中央試探人跡，斷崖邊
無意苦爭春，一任群芳妒的梅花
已零落成泥，餘香已故，聞不見
苦苦爭春的月桃花，從蘆葦管芒叢裡竄起

伸出手掌般溫暖，挺如白色佛塔的花穗
觸摸也是寂寞開無主，失業路過的詩人
不是揀盡寒枝不肯棲的他，忍盡默冬
悲喜著向伸出花穗的月桃花握手說話
觸摸她手的溫度，是十年前，分手後一直忍著冷

感謝這月桃花的招呼，一時，冬忍的雪淚
被熱潮蒸餾在眼眶裡，還是忍不流下，不回頭
繼續走在清明向端午的路上，聞盡花香如無香
在玫瑰黃菊銀桂玉蘭含笑花之間，卻總不如
那年，說是六十年一甲子，麻竹開完花就死

竹葉提早落盡，不等端午斜陽驟雨
母親也不等了，上山剪裁月桃葉包粽子
月桃花剛開完，無香勝有香

香味能復活蒸騰，當粽子在鍋裡歡歌
偉大的詩人屈原，可曾聞到此花葉的香味？

從秋分走回春分，路漫漫其修遠，詩人再難
上下求索了嗎？梅花零落成泥化作塵
不如那不等春天兀自生長的野草？
不如從蘆葦叢裡璨爛開花的月桃？
詩人不幸詩之幸，是誰下的咒語？誰能不信？

觀籐纏樹

——聽泰雅族雲力絲與排灣族林廣財唱排灣族百年
古謠〈來甦〉有感

古老的山也坐下來想聽這首歌
最老的老人已埋在樹下，也坐在我們身邊
他的歌聲與他的愛人還纏繞在樹上
是什麼還纏繞在心頭？
唉呀！那個寂寞的人啊

這世上總是有那個寂寞的人
樹林裡總是有那棵寂寞的樹
魔鬼籐與血籐就會找到那棵樹開出鬱香的紫色花
像那不知什時候就開始給人煩惱的愛情
一直纏著古老的祖先與死去的靈魂

擁抱纏繞的姿勢如小溪纏著山
雲不疲倦的纏著山頭
海岸線不疲倦的纏著山腳
纏繞到太陽不再下山那一天
纏到樹死籐枯了才想不死嗎？

歌聲持續如檳榔花香一樣迂迴起伏
唉呀，那個寂寞的人啊，如你如我
身體總是被靈魂纏繞與呢喃

當歌聲引誘百步蛇穿過夢與記憶
那籐似吐盡絲死的春蠶，樹是成灰淚乾的蠟炬

悽美的傳說總是夾著生存與生活的悲欣
族語與族群逐漸在消失而歌聲再，來甦
歌聲緩緩穿透人心的牆籬甦醒塵封的靈魂
愛怨情慾會永遠不分膚色與階級的纏著人類
樹死籐枯海枯石爛後，還能聽見帶著花香的歌聲

蟬鳴之後

這山路，已聽不到煤礦車工農工農的聲音
夜霧還沒有散盡，霾著重重樹影
昨夜的路燈與殘星，還含著睡意
等待仲夏旭日，在雞啼之前
帶著銅色號角閃亮的聲音噴薄而出——

剎那間似眾聲喧譁，千萬隻蟬共鳴轟起
聲音一緊一鬆把雲推遠，把樹林拉近
樹林跟著升高陽光燦爛金黃，一陣大風
聲音又低沉如變黑的遠雲
雲下一條快看不見的溪流——

在它們的嘶喊中響起午夜驚醒的耳鳴；
夢中的海潮音，遠方寺廟的誦經聲
童年的風箏在天空嗚咽；不願再升高
也不想再下來的記憶，在水稻收割機的聲音
瀰漫的稻香與鮮草味逐漸走遠——

從午時至午夜，空調與冰箱不眠的呢喃
這耳鳴，應是身體基因，或意識深處藏有
眾生的眾聲，在蟬鳴之後

在耳鳴中靜聽共鳴，底層民生的悲欣
窮困的小屋裡，母親啜泣低喚我早逝的大哥——

這山路，在唯物與唯心中崎嶇而行
因思索的執著而逐漸神經衰弱，這耳鳴
這仲夏的蟬鳴，高亢時把太陽抬到高處
黃昏了就放鬆琴弦，漸弱的嘶聲沉向一抹夕紅
蟬鳴之後，夜霧又生起的夜路，如此寂寥

遮羞布

嬰兒的尿布像新生的旗幟
劈啪飄揚在屋簷下，嬰兒的母親
手掌在圍裙上擦拭，她剛完成
一個驕傲的儀式；為嬰兒手洗尿布
尿布與抹布，有童年生活的味道

陽光軟了，母親把斗笠上包著的花布
解下來綁在農用拼裝車的車桿上
像一面勝利的旗幟，在陽光中劈啪
那年，西瓜產量高價格又好
父親終於買了房子，我們有了踏實的家

每年，飛魚成群來到蘭嶼的季節
達悟族老人穿著丁字褲下海
丁字褲，是他們的「中央擋布」
不是那個黨選舉時利用的遮羞布
壯丁的丁，不是十字一直印在十字路口

不是歷史的車輪卡住齒輪，聲音吱啞
嚥不下失敗的那口氣，困惑在島上
背離歷史，撕裂彼此黨旗做遮羞布

富時富的只剩炒作強拉的股票
窮時窮的只剩選舉，讓口沫自由飛濺

那最高候選人競選時的人像
在電腦輸出的塑膠布裡生鏽
被農民當成農舍的遮陽布
臉色在風中哭之笑之，等待下次
再以另一塊布，掛在十字路口，面不改色

走在海岸線

跟著風走，就能走遍全世界
跟著水走，就會抵達海岸線
你是海洋，就可以包圍陸地
你是陸地，就可以包圍海洋
你心中就有一條世界上最長的海岸線

走在心中最長的一條海岸線
在夢的邊界看見一線晨曦
似曾相似的原鄉，在遠方在眼前
站起來的海浪是消失的柵欄
雲的圍牆是流動的影幕

不需要酒杯，張口唱歌就是喝海洋
喝，呵，喝海呀，喝──海──洋的歌
不需要配菜，吃風就飽，癡癡的吃風
不需要肉，抓一條陽光咀嚼
走在故鄉最長的一條海岸線

左邊，阿美族的小米酒香又甜
右邊，藍色的海水苦又鹹
右邊是菲律賓海底板塊在上升

左邊是大陸板塊在移動
走在邊緣也走在交會的線上

走在心中最長的一條海岸線
看見海浪都感恩感謝的向陸地跪倒
海岸上的山峰也綿延慫起雲浪彎腰回敬
走不完的一條海岸線走不盡的一條路
在夢中在太陽下在人類已忘記的原鄉

聞雷

這島上夏季褥暑悶哼，蒸騰喧囂
幾次午寐，想在無聲處聽驚雷
屢被海峽上空的閃電擊中思路
思想的野草在夢醒的邊陲燃燒
夕照在雲絲裡隱藏繾綣的火焰

雷聲總是走在閃電後面
思想總是走在行動前面
這慵懶的午後，茶冷酒香
想要以思考的閃電鞭打思想的死水
或以思想的雷鳴轟擊遲鈍的思考

午時三刻，鼾聲已如雷鳴
夢裡聽不見鼾聲，也聽不見醒時的笑聲
卻在夢裡聽見流水滾動圓石
其實是雷聲已壓不住四處蛙鳴
例如饑餓在身體深處的鼓動

昨日似乎還是蝌蚪，如音符在水下游移
今日已是翻身起跳的青蛙，腳趾蹼扇
雙眼圓突，咯咯的想說清又說不清什麼

與蟾蜍比鄰，似又不似
可為菜肴，可為苦藥

這午後雨在遠方想來不來，悶哼雷隱
閃電被壓在雲層與海平面間上下求索
想在閃電雷響後看見細雨中的彩虹
想在無聲處聽驚雷，思考極處
只聽見耳鳴後的咳嗽震動心房

輯五

澆灌詩樹

澆灌詩樹

——二〇一九年十月三日受江蘇省興化市水上森林
主人，也是詩人的房春陽邀請參加秋韻詩會，
受囑帶台灣的土與水一起澆灌一棵中華詩樹，
適逢我的生日，以詩記之。

我們讓樹說話
我們把詩拆開，言、士、寸
在拆解中看見中華漢字的骨髓
言志裡是寸土寸心的根
用水，用水溶於水的水澆灌

昨天的太陽，已在天空刻劃
今天第七十年的節慶
魚米豐盛的季節蟹肥菊黃
鄭板橋的故鄉詩意興發
秋月不眠，徹夜俯聽誦詩謠歌

水杉倒影，與我們互相舉手敬禮
水淨如鏡，映照樹根閃爍銅綠
樹在詩的水裡鞠躬彎腰
在詩的錘鍊中頑石點頭
點石成金，看那人潮洶湧——

而我只是一個卑微的農民子弟的詩人
帶著島上肥沃的泥土與深山泉水
迎著海風颯颯渡過海峽
鹽味的髮梢，萬古的記憶
這水上森林，一萬年前也是海岸

用文字的活化石，用詩
用漢字的淨水灌溉這樹的活化石
中華詩樹，七十年的年輪，如星雲
如詩心向上向外旋轉，璨爛生花
根深葉茂，萬鳥築巢，見日飛翔

二〇二二年秋臨太倉口岸

——遇瘟疫與亢旱

暑氣一直壓不下嗜寒的瘟疫
執意推遲秋涼與蟬鳴
長江口岸，耐旱的蘆葦
踮起泛紅的腳跟向天空吶喊
雨啊雨啊，閃電一樣鞭打下來吧

聽不見雁鴨與伯勞，烏鴉與白鷺
長江口岸彎曲，被太陽高溫扭曲的喇叭
細縮成向出海口呼叫雨啊雨啊的嗩吶
風沙瑟澀的吞咽著落日，燙啊
顫抖著不斷下降的水位，露出石骨白磷

太倉，五百年前世界級港埠，腹地千里
一千年來朝代更替下穩實的天下糧倉
從這裡，鄭和率五百艘船艦綿延十公里
載著絲綢磁器糧食，載著和平——
海上絲路牽織出歷史的風雲與風景

風帆與風幡，召喚那些未歸的魂魄
雲層都退至天邊，燒盡的灰燼
只剩風，暑熱的風，夾著鹽味

從對岸上海灘吹過來，桑田此岸
彼岸，東方明珠，已是世界第一大港

靜靜結穗的水稻與月季，不畏亢旱
提早開花的菊花不似異鄉是異鄉
散發翻飛如一叢徒長的菅芒，逆風折腰
中秋前的露夜，新月已蒸熟發黃
長江口岸，聽見海潮持續在後退──

仲夏觀黃河壺口大瀑布

天色藍到黃土地的底下，終於壓不住
已經奔騰一千公里的黃河
以斷身續命的洶湧躍向──無涯蒼茫
又以夜空的銀河從白天的地底冒出
瞬間收攏張開的龍鱗與飛散的翅羽

世界最大的金色閃電鞭擊在天地間
大地的裂縫，夾住日月，溶化日夜
圈線似不斷生滅的彩虹
最終被夕陽固成壺口頸七色的項鍊
又被壺口的怒吼掙脫碎裂成千萬億珍珠

應是大禹治水前鬼斧神工劈開山體岩層
天眼的夾縫裡滾動地母的呼嘯
夸父追逐的落日還懸在壺口
春秋戰國的疆界在此龜裂輻射
水花已是千百億支箭簇射向山谷

浪尖利刃刻劃崖壁，時間的坑痕深陷的眼窩
群燕吱吱如千針萬針穿刺水氣光幕
千里下是萬頃沃野，阡陌密佈

陝西此岸大喊一聲就抵達山西彼岸
人間此岸蒼茫，如何一聲長嘆徹悟彼岸光明

天空拉開的拉鍊拉開地獄狹門的鎖頭
一字劃出人，一人催趕千軍萬馬奔騰
停頓下來，喘氣湍急，回望山體如酒壺
傾瀉滾燙的酒澆不息炙烈的陽光與心血澎湃
天色藍到黃土地的底下也壓不住胸口的吶喊

南京雞鳴寺

寺塔尖頂與飛簷，伸長頸項
準備向晨曦啼叫的雞冠，紅裡透金
我用力拍翅，抖散海峽夾帶的鹽味與塵埃
吸氣挺起胸腹，額頭發亮
想要向城牆與湖水的方向昂首啼呼

卻被一記鐘聲撞擊，身如鐘身搖晃
鐘聲蕩開湖水漣漪抵達城牆又繞回來
佛塔裡的舍利鈴鈴乍響，夜色還在遠方
它們就出定似的亮起星一樣的燈芒
塔身長高如雲層中聳起的千年大樹

我來懺悔濁心的欲望，蒙身的塵垢
在自由時放縱，勞動裡埋怨
在風雨中倦晦，盛世下忘諫
只是一個農民子弟的卑微詩人
以為仗著鋤劍犁刀真可以橫行天下

手中的號角，已吹不出衝鋒號的血絲
拿起嗩吶，也吹不好迎親與送葬的調
囁嚅著只是人世的綺語與妄語

負載被貶謫人間的原罪，摧眉與折腰
自認忠於天職卻常誤時啼叫，聲如烏鴉

常把黃昏的落日視成紙貼的官印
我來懺悔，我來取經，我來浴火
願以晨雞一聲金啼蛻化為鳳凰玄鳥
願再認領詩人的身份，卸罪祈求
人間的良藥，不再是那顆醮血的饅頭

觀觀世音菩薩像

應是被遺忘的星群在閃爍光芒
刺眼的光裡礙眼的淚
寺廟角落，小小後花園
排列著被遺棄的各種神像，喜怒不一
堆疊擁擠，互相細語著什麼——

它們不知來自何方又走了多遠的路
讓遊子的心浪子的情停駐，敬畏觀望
都被主人遺棄又等著新的主人
再被收養收買收編前，會有伯樂來供奉嗎？
失望怨懟空洞的眼神，對視長眉垂眼的慈悲

銅鑄的都已被認領供奉，或被熔爐他用？
再鑄變身為銅爐銅幣銅鑼，或炮彈？
經過攝氏一千度以上燒瓷的返照迴光
木雕的只剩一尊觀世音菩薩，在樹影下
想念曾是一棵樹的前生——

它站著，有楚腰纖細的線條，光線斜肩
遊子曾經夢境中的倩影，哦，思無邪
想那是紅楊木千年不死，死後千年不倒

倒下千年不朽，再被雕站在這裡，餘香猶存
誰聽見紅楊木，在風沙中嗚嗚作響──

那聲音：「初於聞中，入流亡所──」，三千里路
也參悟不透的叮嚀。請不要再站著
請坐，請坐下來，開口說一句話
流星般輪迴再來的遊子
刺眼的光裡懺悔的淚

盆栽素心蘭

枕邊的淚痕不知什麼時候留下的
像浮水印有透明貝殼似的皺紋
應是邁入中年後魚尾紋拉長了留下的印痕
可明明白白昨夜夢裡有淚，有露珠的重量
以童年的腳步，以雨聲走進夢裡

以風聲走出夢，留下的
確是母親的手溫與素心蘭的花香
在那條童年記憶一直走不到盡頭的路
至今猶在尋找世界上最長的一條線
夜空深處無聲而下一條最細的閃電

走向雪色裡永遠走不到盡頭的地平線
只是在尋找，那分明一直在前面
卻也一直跟在後面的一縷香味
從山峰上的寺廟到海邊的墳塚
祈禱與祭祀的香爐上，縷縷彎曲的

煙香，夾著警示的鐘聲與誦經聲
我彎腰從路旁垃圾堆裡撿起棄置的素心蘭盆栽
未死的素心蘭努力吸吮廢水伸出綠葉與花瓣

垃圾中夾有紙條對聯，祝賀祝禱的花籃
有節哀敬輓的，生死折騰，彌留花香

盆栽素心蘭又開花在陽台與衣架間，在臥房邊
隔著夢與時空，蜷縮在床如在母親的子宮
貧困的出生前就已聞到，聽到她與父親的細語
如淡淡的雨聲與花香，竟使昨夜夢裡
有淚，以露珠的重量落痕在枕邊

瀑布

已給這座山千萬年白色記憶
還能刻劃多長的傷痕
是要縫合兩邊裂隙
還是要分開剛對視的雙眼
雪練也會鑄成劍刃

遠古的祖靈在瀑布上面呼嘯
似龍似虎似狼，是鷹
雲裡雲外，似有似無
在心猿意馬的幻象中
瀑布從山體雙腿間裸露

暴雨一樣沖洗我沉濁的污垢
雪練一樣寒醒我執迷的塵煩
但它分明還在用飛濺的語言
持續追問——
問世間情是何物

躬身懺悔的樹，受洗負罪的岩石
水線如琴弦，夜色吐出月色
夜幕下垂，驚夢如瀑布

從遠方傳來海浪沖蝕岩壁的聲音
窗燈如燈塔在波浪中明滅

有聲音自深山高處似雷，似鐘
分明的回答
那縱身一躍的瀑布，捨身斷流
以續河命，那弱水的河身
以承載詩歌划動的船

不如嬰兒

走進雲裡，走上懸崖看著瀑布如雪練
如劍插入潭底，潭水清淨透澈
水裡日圓晶瑩如嬰兒的眼睛
疲憊的情緒與思想，被這眼睛的光
如劍一樣刺破夢的胎衣，刺出赤血

走著，走離那嬰兒似的赤子之心越遠了
吸氣飽滿用力向山谷呼喊──
回聲震蕩漣漪只能微微騷擾山谷幽靜
如埋在雲霧裡那聽不見的水聲
呼聲已渾濁太多善惡的塵埃與沉重

呼聲帶著哭笑難分的沙啞
聲再高亢已如破竹裂帛，如烏鴉與伯勞聒噪
已不如一個嬰兒誕生時啼聲清脆嘹亮
聲如一束透明的光刺穿整個山村的夜夢
再用力呼喊，已逼出緊緊框住的眼淚

再也回不去了，順著原鄉小路如母親的臍帶
也找不到子宮一樣遼闊而溫暖安全的窩
觸摸不到嬰兒貼著母親的體溫

看那嬰兒哭叫整天聲音也不沙啞
不知善惡不分男女，這人類最早的共同語言

他的笑容，會使人瞬間息怒心生慈祥
身體柔軟如綿但拳頭握緊有力讓人難捨
在水中四肢自然擺動而能順水浮游
沒有男女情慾不需佔有，沒有得失與罣礙
這人類共同的記憶與初心，似在眼前又離的好遠

紅爐炭火

　　——新冠病毒（COVID-19）肆虐期間長住山居形同
　　　閉關有感。

山頂接近下雪的天空，雪不敢下來
冬天的黃昏急趕春天的黎明
冬雲棉絮，已像內衣露在春天的外面
沉雲橫陳在山谷，如口罩蒙住立春的唇口
季節的眼睛，緊緊注視著人的背影

上山賞景的人越來越少，山越瘦
山路與山花也自覺的縮小
屋裡的紅泥小火爐卻在膨脹
鼎著一壺陳年紹興，酒氣上來了
蒸騰著我的思緒，這辛辣裡

帶著悲憫的酒味，這紹興的魯迅
的野草，野草的思想，野火燒不盡
聽爐下的炭火劈撥說話；
這病毒，再來試煉著我們的民族性？
看客似乎沒有減少？看那普穿西裝的阿 Q

但看春節的年糕，發著香油瑪瑙色的光澤
這米與糖裡蘊含民族不死的韌性
北方一直拉長拉不斷的麵麴，幾千年

在最窮的火候裡熬煮出最耐吃的菜肴
面對病毒，如何用基因裡的血清免疫自己

從農村反芻的清淨與清醒，警覺
這欲望麕集的病毒，無形無味
會是代替意識與鋼鐵的武器？如何戰勝饑餓？
酒精防疫，酒氣熏淚，哀死者敬醫者
紅爐炭火，長夜深思，糧食能撐多久？

初冬徹夜聽松鼠哀喚

是誰吹盡這山村的最後一片紅葉
蕭殺秋決的氣壓，雲層低到腳下
雪還是不敢下來，十年了
在這山村等一場雪等了十年
初冬，徹夜聽松鼠在麵包樹上哀喚不已

昨日黃昏，秋末彎刀似的金色陽光
切入花崗石與麥飯石的縫隙就消失了
今夜初冬利刃似的寒流就切進窗縫
夾著松鼠比針還尖細的哀喚聲
刺穿耳膜一樣薄的，窗外紙貼似的月亮

這聽起來如杜鵑啼血會哀喚至死的聲音？
是求偶還是饑餓？我也有；這雙重火焰
牠在飛鼠與夜鴉間的形影，或身份；
在想飛又飛不起來，一叫就惹人厭
披著詩人在冬夜裏緊肩膀的外衣

聽流水堵在巨石縫裡沙啞哽咽
午夜忘了關車燈的房車徹響防盜鈴
趕夜路的大卡車緊急剎車的輪胎聲

載著新冠病毒病患的救護車急急叫過
牙齒饑寒的磨出齒輪聲，嗝哦著酒味

將老未老，遊子的心浪子的情能走多遠
螢幕上敗選者如落翅老鷹羞怯走在雞群
新冠病毒正在懲罰不怕它的政客，如夜鴞竊笑
等一場雪等了十年，雪一直不敢下來
在初冬徹夜聽松鼠哀喚夢與黎明

樹下嬰兒

老人能回孩子心嗎？中年站在中午的樹下
樹影的圍裙蔭蔽著記憶的牆籬——
母親說有一次割牧草，把嬰兒的我放在樹下
彎腰彎久了忘了太陽已下山
猛抬頭趕回家，忘了嬰兒的我還在樹下

那時的我睜著眼睛沒有啼哭
那時的我有夢與記憶嗎？為何我似乎還記得
蛇捲在樹枝上吐著舌頭，鳥在鳥窩裡
老鷹在樹上盤旋，我記得它笛子的聲音
草尖磨擦著我的頭髮，我記得牧草的味道

因為我的天真無知，它們都對我沒有敵意
也許蛇正要去吃小鳥，老鷹要俯抓蛇
縱使老虎已走向我身邊，嬰兒的我有何區別
死亡有何懼怕，我剛從死亡出生
我是哭著來而笑著看天空什麼都沒有

在一聲比老鷹叫聲還響亮如鋼針尖細的啼哭聲中
母親緊緊的抱著我走回家，我記得那緊緊的體溫
我記得她曾將嬰兒學步的我從斷崖邊拉回來

她早在如我一樣的中年走了，而走在岐道上的我
如嬰兒學步一樣求索正道與載道，當又走向斷崖

誰來拉我？當又走向洶湧的浪濤
我能像天真無知的嬰兒，自然伸展四肢
如桴浮於海，沒有重量，沒有遺落與遺忘
從斷崖邊被母愛的手拉回來，從斷乳後
從生活陌路走向生命深淵的路上

鳥散聲如銅幣

我只是用一枚生鏽的銅幣丟向麵包樹
和一聲吆喝的砰，在秋天樹葉開始落的天空
十二隻鳥全驚嚇翻飛如疾風中的落葉
我只是再回憶再測試童年一個數學猜題
樹上真的沒有剩餘一隻鳥，只剩看不見的風

那時我就想，有一天會找到一隻不驚嚇飛走的鳥
同學少年都已離鄉奔波輕車肥馬各有一遍天地
有幾個聽說已埋骨在異鄉，訪舊已半為鬼
那棵麵包樹旁邊一直陪伴著一棵相思樹
它幸運的沒有被砍去燒成優質的木炭

父親披著黑色披肩躬身在火炭窯，臉帶焦味
他曾告訴我相思樹是廉價的燒木炭最好的木材
相思樹的花色像金黃稻穗香味如桂花漫溢整座山
樹上的夫妻同林鳥，槍聲一響也要各自飛
槍聲與鳥聲迴響山谷，徒留樹枝在秋天的相思與寂寞

站在相思樹下，影子已斜成黃昏
人也近中年，才醒悟自己就是那隻不驚嚇飛走的鳥
在難熬的貧困中像那片不想掉下的

扇子似的象耳大的麵包樹葉，還在風中晃動
在聽不見槍聲的生活戰場裡訓勉自己寵辱不驚

童年玩伴過節時多數鍍金鍍銀結群還鄉
高聲說起城市裡各色賺錢的規律與資本遊戲
話聲如銅幣叮噹如樹葉劈拍，如歸鳥吱喳
我扮演聽眾當鸚鵡八哥學舌應答，也不敢直說
自己就是那隻沒有驚嚇飛走的烏鴉，還在堅持寫詩

野薑花話語

你聞過雪色的真香嗎
在斷橋下化作塵泥的雪梅
猶有香如故的那種香——
像在夢裡聞到，它的記憶與基因
散發出原生於喜瑪拉雅山雪色的真香

我只是走在亞熱帶北迴歸線邊緣
一個尚能高歌原住民古調的遊子
在追逐紅蜻蜓與螢火蟲原生態的河濱
聽見它們以雪色的真香向我說話
香味帶著雪意，如流水流進淡漠的山色

夏末初秋濕悶，它似夜色輕臨
以細雪紛飛中夾著清香，靜止下來
是滿山谷潤雪白的蝴蝶，微微扇動翅膀
是夢中的香氣化為夢醒的白蝴蝶
還是白蝴蝶飛進夢裡雪片紛紛

帶著紅色思想走遠路的農民子弟的詩人
這夢已離的很遠，遠過春秋後戰國的寒冬
一路上看過血紅的楓與赭紅的欒爭論高度

鵲佔鳩巢而烏鴉聒笑鸚鵡學舌，雞耳聽不懂鴨語
稻穗垂首看著剛冒出尖穗就被拔棄田邊的稗

舊夢的碎裂聲中聽見新夢裡的號角，這路
漫漫，疲憊的思考如何帶出黃昏的曙色
徘徊駐足，細聽它們以雪色的真香向我說話
在汗水未乾的額頭，泛起淚眼的霧
野薑花，迤邐漫開成夢裡逆風翻飛的白蝴蝶

凝視光斑

陽光把海面磨的光滑刺眼
記憶迴轉的石磨，以日輪的重量
磨出昨夜夢中斑駁破碎的光斑
在滿月薄如鏡的裡面
驚見歲月在額頭浮雕，或烙印的膚斑

時間如穿網的光斑
如穿網而過，雨點似的魚群
雨幕外走遠的雨聲，想要捉卻無能捉住
如捉不住霧，捉不住已落地的眼淚
捉不住聲音，捉不住在月色中消失的影

這是一塊白雲從年輕的草原青青走過
雲下的光影護送著雲色的羊群
無人使喚走了五十年進入眼前光滑的海面
已是一塊由箔金轉鉛色的黑雲
手臂上也浮出一個相形相似的黑斑

這不是清朝囚犯的刺青
這是父母遺傳下來的胎記
在額頭相同的地方，日月印證

在西瓜園正午的勞動裡，汗澤與光斑
留在皮膚的聲音與味道

在那樣的聲音與味道裡，五十歲以後
才更認真俯身寫詩，想把文字像膚斑一樣
以陽光印證在身上，入木三分力透紙背
如同面對人間各色埋首工作的人
或此生難再相逢，只能見一面的知己

初啼

在這山村住了，住久了
就開始迷惑這草色與樹的陷阱
這山村遠看像一個雞窩
夜晚的燈閃著蛋白
一粒粒的，如天空深處的星芒

如雲層深處裂出一個月亮
鄰居雞窩裡的雞蛋，在冬春的溫度
終於一個個裂出雲色一樣的小雞
鵝黃與墨黑，雪白與金赤相間的小雞
依偎著，緊隨著母雞走出了雞舍

天空沒有閃電，沒有飛巡的老鷹
像在鏡頭似的窗口，歲月流蘇般落水流過
似乎只為等待那隻初成試啼的公雞
忠於天職的啼出，比山頂的寺鐘
還蕩漾遙遠的聲音──

牠生澀的啼出第一聲，與世界同時
旋轉這地球曙色，聽見母親呼喚
而回答了晨曦的一線金陽

如我第一天上小學，在操場上唱國歌
母親在校門口聽見了，我的初啼

忠於天職的少年雞啊，尚不能預知
我也看不清的遠方陷阱，不知那一天
被人宰為桌上佳餚，睜眼回看瓷盤如雞窩
既已初啼，豈能在意生死，如睜眼誦詩
能逼視閃電，也不畏禿鷹

酉來卯葉

——二〇一九年八月二十四日受武漢大學邀請參加
「兩岸百年 新詩傳播與接受」研討會，會後
至黃梅遊訪佛教禪宗五祖寺，見匾額「酉來卯
葉」，眾人與傳慈法師研討其意，又見蘇東坡
水池題字「流響」，有所感，試以詩記之。

水聲流逝，筆跡猶入木三分印在壁上
學李白拔劍，抽刀，斷水水更流
聽蘇東坡竹杖芒鞋，渡河與佛印論經
話聲猶在耳，水聲已在心，問我
由何處來，何處去，水溶水，誰似誰？

我從海峽對岸沾著海風鹽沫而來
向西追著酉時的落日與影子而來
趕在黑夜降臨前，來得及點一盞燈
他西東渡而來，在水聲中，已卯時曦光
達摩祖師一葦渡江而來，而一花開五葉

從春分走向秋分的路上，已走過半生
常夢裡不知身是客，醒來安禪制毒龍
想將那顆六祖慧能槌麥時綁在腰際的石頭
縛在身背，再從秋分走回春分
懺悔罪孽，受苦消業，一個真而正的

安貧的無產者，在勞動中聽經悟道
不立文字直指人心，即生文字
應力透紙背，入木三分，如屈原杜甫
餘塵七分，如露亦如電，如夢幻泡影
三分是絕句與偈語，這人間詩者的宿命

樹影

樹上搭棚閉修三年的禪宗老師父
這無產者，虛實辯證的先覺者
戒疤在陽光下結成真珠舍利
在月光與星光間半閉的眼神
看見鼻樑山脊下渡船似的唇沿

月光裡夾繫閃電的舌語
渡船緩緩解纜離岸，音如細流
開示三天，恍惚已過三個春秋
榕樹浮出板根張開章魚捲爪
是時收攝內斂後如開放的蓮花

樹影是陽光與月光的時針與拐杖
樹的年輪刻劃出季節漣漪，貼聽水聲蕩漾
百年樹身不是夢醒的南柯，葉片翻飛蝴蝶
在莊子的無用之樹與悉達多王子
坐悟證道的菩提樹之間，靜坐聆聽；

倉頡造字驚天地泣鬼神，小心文字的雙刃
勿誤己傷人，知識常偏執為智慧的障礙
詩是人間的悲欣交集，弘一偈語

詩人必須能在其間來去，如水溶於水
忘了自己，也不忘自己

寧只教化自己，或可感化別人
那指月的指，燃指的指
一別二十年，樹還在，人已雲遊他方
徒留檀香餘味，雨滴木魚聲──
樹影，斜如袈裟披在我的肩上

螢光蝸牛

河水清澈，腐草無臭，落花猶香
蝸牛在此繁殖，生態窩居
蜻蜓在此交歡，款款點水
殘酷與聰明的螢火蟲，以夜色以月影
以吸吮小蝸牛汁肉以飛出誘人的螢光

山路清靜，露水無味，楓樹泛香
陽光是隱隱誘惑的一條金線，穿過春天
準備再繁殖的大蝸牛，背著家屋
沿著金線走，留下一條銀色足跡
樹葉在風中急急呼叫，想預報什麼

開車趕路的人，何以都如此匆忙如我
轉彎處車輪輾過蝸牛，波的一聲
陽光也破碎，家屋已支離
山路上開出一朵祭奠的血花
蝸牛銀色足跡是月色下未死的淚痕

螢火蟲持續趁夜色成群飛過山路
串成一條藍色發亮小溪消失在夜海
逐漸腐化蒸發的那朵血花

留下化石一樣不甘消失的碎殼
狀如似笑似哭的嘴唇與牙齒

過路的鳥與狗，常來撿食後就不知去何方
盲目伸長探測觸角，背著負債的家屋
在生存與生活中忙碌奔馳的人們
當有一天在轉彎時聽見那波的一聲，是水是火
可要停下來看看，是否是預報的什麼陷阱

聽爆竹

夢走在記憶清醒的路上
如白雲緩緩走在山頂，沒有重量
走向深冬深處，沒有雪
但比冰雪還冷的盡頭
總是一直等待一聲除歲的爆竹

誰聽見兩千多年前，春秋期間
除夕燃燒竹管嗶破嗶破響的聲音
那是詩經裡祭典頌歌中燃放的爆竹
那聲音與溫度，只為驅趕年獸與邪魅
節氣與竹子的氣節被延續兩千多年

但人類的欲望不斷增生增殖
從爆竹而鞭炮而炮火炸彈，而不斷的戰爭
火藥味瀰漫至太空，軍火商比政客忙碌
在除夕年關，無法讓記憶往回走進夢境
清醒著，想再聽見春秋時竹管的爆竹聲

在那種爆竹聲中，渴望和平
真的寧靜，才能聽見成竹吆喝老竹咳嗽
聽見筍根稚子還在泥黑裡往上吱喳

不知春筍未能破土聽聞人間煙火
就被挖取做成喜宴上鮮甜的菜餚

在那種爆竹聲中，會去想到
孟宗竹的孝，香妃竹的淚
會聽見笛聲清脆簫聲低沉
聽見迎親與送葬的聲音
從春秋一直延續至未來

相視點頭而過

冬天與春天要在這個轉角告別了
相依相捨，剛從我的左手走過右手
冷暖相知；我還走在失業的路上
從麵包樹林走向相思樹林，山路上坡處
又和他們夫妻在這個轉角相遇了

像季節一樣準時，他們繞了一圈
日與夜相依，像唐朝的紅男綠女
手勾手，甩開又勾上，如鐘擺
我們相視點頭而過，我微笑悶著；
我無意撞見的——他有外遇

這不能說的秘密，我想起
父親驗出肺癌時與醫師保密的約定
散步時醫師在父親面前點頭微笑而過
父親想再跟上去問，又沉默的走回頭
父親一直裝作不知道，不做化療勇敢的走了

彷彿季節的來去悄然無聲，冷暖相知
在人生的轉角處，遇見他們夫妻，有說有笑
聲音漸遠——彷彿看著生與死相伴走遠了

請看看他們頭上樹林的鳥，相伴啄食
大難來時各自飛，人生苦短，只剩現在

也許他已懺悔認錯，她也原諒寬容
在春天容忍殘冷等待驚蟄的時候
我回首再望，祝福他們，如同原諒自己
祝福執子之手，白首偕老，但我是匆忙的
我還得趕在春天來臨前回到出生的地方

厚薄

從春分走向秋分，心中得失
逐漸增加重量，如塵埃跌疊
返身，翻身反省，再從清明走到端午
在河濱看見竹膜似稀薄的初月
想到屈原厚土的情操與瘦薄的屈辱

視線外那條沒有盡頭的海岸線
時而如一線髮絲垂在眼臉
用手撥開它，陽光如針刺
浪花飛濺如落葉，聲音滾在遠方
視線內這條看不見盡頭的海岸線

在懸崖下，一條雪白的被直斬而下的刀痕
我如螞蟻在刀刃上覓食行走
貼著海岸線與崖壁踽踽獨行
海潮厚，浪花薄，影子長
陽光薄，雲層厚，愁思深

在不變的光裡，舞弄善變的清影
清晨旭日與黃昏落日如銅板一樣厚
中午時聽見它們交會互擊銅鑼的聲響

清晨淡月與黃昏初月如紙貼一樣薄
午夜時聽見初更薄片似脆亮的梆響

「不眠聽金鑰，因風想玉珂」，月色忐忑
屈原上下求索走遠了，海岸線沒有盡頭
換杜甫駐馬在峭壁連疊的千門外，搔頭看我
削薄的屈原與厚實的杜甫，在路上，在路上
時時敲擊心中逐漸塵封的銅鑼更梆

氣根

在路上，就有方向
坎坷走過的，泥土這條路
曾與父親跪著插秧蒔草
彎腰鏟起牛糞堆肥，那種氣味
只相信泥土與糧食的辯證是真理

沒想過，也難相信，那也是美
沒有泥土而花開燦爛，有鳥聲
在虛空中張開生存的手指
抓住空氣和水氣維生
在虛無的夜中攫取星光的露水

陽光下滑亮的氣根，如龍鬚
各色花朵是初醒的眼睛，如嬰兒
這一叢懸在樹枝間的萬代蘭
使我想起那位住在樹上三年的老師父
陽光下瘦瘠但發亮的骨肉，道髮已蓋住戒疤

柔弱的水終能穿透堅硬的頑石
虛空永不敗壞，且無中妙有，他說
沒有欲望，沒有泥土也能開花，這叢萬代蘭

在路上，彷彿一盞燈亮在黃昏
在我唯物的泥土裡開著唯心的花

彷彿要從泥塊夾住的裡面拔出鏽蝕的鋤頭
從泥淖中翻身站起，想起那時
在父親發亮的骨甕前，跪下
如跪著插秧蒔草，後面的路
是往後退走出來的，帶著懺悔與省思

霧峰

當年站在高峰上質疑太陽
不夠光亮的人
與曾經被塑成雕像的人
像霧一樣
消失在陽光中

沒有重量的霧
沒有腳印的霧
留下了影子
當年那些絮絮叨叨質詢的聲音
如流水漉漉——

漉漉的聲音，在霧裡霧外
潮濕的身體
裹著乾涸的心
不冷不熱的社會
已失去凍省的記憶

你是林家的祖魂嗎
聽不見，你想說的抗日與模糊的祖國
我是你林家子弟的友人

在酒席中聽他泣訴
在酒醒後不想忘記的歷史

這裡，曾經播下台灣文化的種籽
與政治的秧苗
汗水澆灌，血淚施肥
收割的季節還沒到
收割的人已埋葬在夜霧裡

走出憂鬱

少年維特帶著羅蜜歐未死的遊魂
走在梵谷割耳時聽見烏鴉聒噪的夜空
走進杜斯妥也夫斯基賭徒似的囚房
他不想老但終於老成老了的托爾斯泰
沒有投筆從戎也不再投筆從容

在芥川龍之介與三島由紀夫之間
看見川端康成的雪，與血
看見烏雲在兩座山之間熔鑄成鐵
鐵成心肺之間一塊陰影的重量
又浮現在遠方海上一個不長草的孤島

回憶的枯藤糾纏記憶的樹枝
記憶的火車工農工農——
消失在政商集團圍築的隧道
階級的仇恨緊鄰地獄的狂歌
股票狂飆忽忽斷崖下一推廢棄的衛生紙

瘟疫，瘟疫可以治療更長的憂鬱嗎
洗一次手噴一次酒精再洗手再噴酒精
洗不淨贖罪的雙手與酒鬼的氣味

門把與鎖頭，長出病毒刺蝟的冠冕
鎖口的眼睛等待鑰匙的匕首穿刺

失眠是那隻永遠打不死嗡嗡的蚊子
總想用力打開黑夜讓陽光射進臥房
走出去，走出憂鬱的自我走進自己的田地
自覺的在勞動與運動中自然的流汗
流汗流汗，流出心中那塊陰影的重量

跋　續——試寫五五詩體
——詩集〈方寸之地——五五詩體一百首〉

詹澈

　　我離開生活了五十年的台東寄居新北市新店已十餘年，五年前提早辦退休開始領微薄的勞保退休金，過著節儉的三餐尚能溫飽的日子，卻有較多時間與精神讀書並省視自己詩的創作。至2017年新詩發展一百年，更驚覺新詩發展的疑義還在持續。本想一個創作者可以不理會詩論的差異與歧義，寫自己想寫的形式與內容，自娛自賞即可，但當自己再次重讀從詩經、楚辭、漢賦、唐詩、宋詞、元曲等中國詩歌的發展，又覺得一個詩創作者要有成就，不能不知詩史的發展，且要廣閱各種風格的詩，更須廣閱詩以外的知識，關心詩以外的人間世事，想成為有成就的詩人，應該是要如此自許的，古今中外有成就的詩人都是如此，願以此與同道互勉。近十年來的生活，除持續參與反萊豬、保釣、秋鬥、白色恐怖受難者秋祭與春祭、農業供應鏈數字化標準化等活動，大部分時間都用於讀書寫詩。雖然曾在二十年前就讀了十集本的「科學五千年」與臺灣版中文整套環球百科全書，想探索宇宙與自然的奧理；也曾讀論語、佛經與道德經，想悟明人生與人性的究竟，但因斷續的參與社會運動，為生計奔波並

幫人助選，長期以來身心多有損傷，終究都因記憶力減退已淡忘而不甚了然，唯有寫詩是自己安靜清淨的方寸之地。

　　最近已少讀新詩與外國譯詩，反而是中國古典詩讀的多，覺得古典詩一直有一定的形式與韻律，尤其是唐詩在專制或封建體制下，在科舉的約制裡，絕句與律詩的規範及押韻更加嚴格，因為要有共同的標準規定才能公平的競爭，大家在有限的文字規範內發揮自己的才華，似乎有其道理。然而卻在這樣的方方正正的規矩內，產生了中國詩歌的盛唐盛世，也因為配合規範與押韻反而創作出不少令人驚奇的詩句與意境，尤以杜甫的律詩為最。這像是在三公尺四方的空間內比武，各出奇招比出勝負，功夫好的話應不受空間與規範限制。因此，形式規範不是影響一首詩好壞的主要因素。但弔詭的是，有形式規範的古典詩縱使是壞詩，現今讀者普遍還認為它還是一首詩，但一首白話口語詩寫不好，普遍讀者會說它是散文的分行，讀之如同喝白開水淡而無味。常將晦澀讀不懂的、碎片化的、有句無篇的現代詩說是好詩。而古典詩與現代新詩，經常被傳誦的也只是其中幾句，導致詩的創作者都想語不驚人死不休，甚至強詞添句以為愁，都在尋覓一首詩的所謂的詩眼的好句子，這是詩為文學形式中最精簡文字的必然與無奈，卻使詩人往往在持續尋覓好句字的執著或偏執中，忘了詩人寫詩是為了什麼的思考，模糊了詩人與人、詩與人、詩與自然、詩與時代社會的有機關係。而在純粹的文字與文字間，在學問知識與文字間做無機的創作，逐漸感覺不到詩人自己或大眾的呼吸、體溫、情感與思想，

甚至在眾多意象碎片化交錯裡，都似翻譯的現代外語詩，類似性很高，讀不出作者的個性與風格，讀之如同嚼蠟。這樣的詩AI智慧機器詩人小兵一個晚上可以寫出並不差的五十首。似乎帶感情與現狀的寫實的詩，小兵似乎是比較難複製的，但也未必，如果把一件事，或數個歷史名詞典故，或數個地理詞彙給小兵，請他寫詩他同樣可以速成數首，而格律詩小兵反而更容易速成。我想只能以詩的直指人心，詩人的至情至性寫作才有可能區別與小兵的詩。有的詩人喜於故意在詩裡布下與普遍讀者間的文字障，久而久之詩反成為他的文字障，這是我的經驗與思考，也是我常警惕自己的。畢竟我還是一個無法不考慮大眾閱讀的詩人，長期認為詩應適合大眾朗誦或閱讀，可能我一直耿懷於自己不識字的母親與小學畢業的父親兄長，或廣人的工農朋友。猶記得1978年我在草根詩刊發表一首〈洗衣的婦人〉，是寫我在屏東農專讀書時租屋附近一位洗衣婦，她托我寫信給她金門當兵的兒子說：阿母平安，但她還不知或已失憶她兒子已死了，我不知如何寫信，當時的記憶與寫詩的思考一直耿於心中，寫詩時總希望她也能聽懂，今年回憶此事有所感又寫了一首五五詩體的〈洗衣婦〉，收在此集中。

傳聞白居易常念詩給老嫗聽看是否聽得懂，他認為文章合為時而作，詩歌合為事而作，他與杜甫是唐宋元明清八百年詩歌寫實詩風的代表，承續詩經與樂府千年的寫實詩風，沒有他們，詩史會失去大半江山。古典詩辭除如詩神般屈原的〈離騷〉，在他之前的〈詩經〉是風格最多樣，反映

各階層包括底層農民聲音的詩選，被儒家尊為六經之一。以我的閱讀經驗，包括現代新詩少有能與詩經裡直接批判諷刺稅官的〈伐檀〉與〈碩鼠〉更令人佩服。漢朝的古詩與樂府也有不少反映民間疾苦的詩，至唐宋以後的詩選就幾乎沒有底層人民的聲音，唐詩三百首只選〈貧女〉一首，除杜甫的樂府詩〈兵車行〉與高適、岑參、王昌齡的幾首寫邊塞的詩寫戰爭之苦，餘皆是個人的悲歡離合與喜怒哀樂，宋詞三百首更是如此，沒有蘇東坡、柳永、陸游與辛棄疾，就更是兒女情長與風花雪月堆如塚。唐以後在專制與科舉的限制與影響下，山水與人文成為中國古典詩與畫的主要風格，缺乏現代心理內省與各別人物、尤其是廣大底層人民的敘述與刻畫，直至北宋柳永的歌詞延續到元曲，元人北方的豪情加上漢族的不滿與鬱抑，產生了大量反應平民底層大眾批判元朝施政的詞令，例如劉致的散曲「剝榆樹餐，挑野菜嘗，蕨根粉以餱糧，鵝腸苦菜連根煮──」，無名氏的「官法濫，刑法重，黎民怨。人吃人，鈔買鈔──」，這樣的長短句的延續，致民國以後必然會產生白話口語詩，產生了媲美白居易的「新豐折臂翁」，寫不堪戰爭徵兵而自斷手臂後寒冬風濕痛苦的，一首寫國共內戰兄弟互為敵軍，三個兒子都走了只剩一個兒子的老母刺瞎獨兒眼睛，使其不能當兵留下香火的袁水拍的「老母刺瞎兒子目」。此類寫實的直接批判的詩常被批評為沒有藝術性，難登大雅。這是翰林與學院及多數當政者常無意或有意的迴避，或是人性喜美厭醜的反應，而蔚為主流與話語權。

對新時代的複雜發展，新詩在語言形式與內容勢必要有變化才有足夠的承載能量，從五四新詩到抗日與國共內戰，到朦朧詩到兩岸對峙到二十一世紀莫不如此，應可再發揚詩經與樂府的風格與精神。寫實的作品，尤其寫民間疾苦，古今中外都是當時統治者不願發展甚至會加以淹沒的，難以成為主流，都得等時代更新後有心人去發現。其次是人性總是趨利避害，喜歡美與歌頌誇讚，寫底層民眾與疾苦要寫得好其實更困難，因此是吃力不討好的創作，然此種創作初衷亦應不及顧此利弊，因為那也是一個詩人的天職。

近十年我持續創作試寫「五五詩體」，十年間已出版的詩集「下棋與下田」及「發酵」共試寫百餘首「五五詩體」的詩，五五詩體的創作動因與內涵，在詩集「發酵」的後記裡已有敘述，不再贅言說明，只再說創作五五詩體，只是想收斂自己長期以來寫長詩，動則百餘行的習慣，在五段各五行共二十五行不超過五百字內創作。想為自己詩的創作，或新詩百年遊蕩的靈魂找一個健康的身體，為新詩的身體裁製一件衣服，是自己詩創作的一個驛站，也只是新詩發展百年再向前行的一個小逗點。自我期待能在五百字內寫出一篇或一本長篇小說或影音動畫也難於說盡的意境（詩基本上是直指人心的非虛構的真實，小說基本上是敘事的虛構中的真實）。新詩早有源於西方的十四行體，仿日本俳句的三行體，也有近年的〈截句〉四行體，我也出版了百首〈截句〉的詩集，又如以六三、三七或四六、五三等等句段的形式，就個人創作經驗與閱讀他人作品，似都難於像我創作的五五

詩體，以中華文明陰陽五行為基礎與變化，在第三段或第三段第三行較能安排一個轉軸點與平衡，當然，這也只是我個人創作的孤賞與冷暖。唐朝律詩基本上也是在第三四句或第七八句表現情境與意境的轉變，而整首詩還是有著起承轉合的節奏，其中也難免多有贅字或累句。而我五五詩體的格式要求還鬆散，也難免有贅字與水句，有興趣的同道可以再加以嚴謹規範。

抱著一個希望持續試寫五五詩體，並不期待會有多大影響，自知一個詩體的演變與流傳，都在一百至二百年左右，現代訊息傳播更快，是否會縮短時間，也非作者主觀意願可以安排的，只待時間與客觀因素自然成形。每首詩的創作至每個字都是應儘量不重複，是字句的減法，但詩體的演變規律會隨著時代的印刷技術等文字載體或語言與內涵而逐漸增加字句，唐朝絕句律詩至宋詞元曲的長短句，再到民國廢除科舉後的白話詩與敘事詩就是如此。從甲骨到竹簡到紙張文字載體變化，再到今日的手機螢幕每行最多十四字，也會影響詩歌創作與傳播。至今我五五詩體的創作已超過二百首，還無法如我的理想般的在每首詩創作中應用自如，只能儘量避免為形式而形式的形式主義，又不失詩的品質。這期間也陸續有百行以上長詩的創作，目前沒收在此集中，待些時日再與創作過的長詩整理成長詩專集出版，應有萬餘行了。五五詩體未整理出版的還有近百首，與已出版的合計會有三百餘首，前後創作歷經十年，應可與2004年歷經八年創作出版的〈綠島外獄書〉上下集共368首萬餘行相輝映。

今年初春整理書架，看著1975年屏東農專讀書時期購買的世界書局出版的中國文學名著，古典精裝本的陶淵明、杜甫、白居易詩集，陶與杜的詩集書脊已全蝕斑駁，再翻杜詩內頁才知自己曾認真研讀，有一些註記，但因非本科，在往後的農活、農推、農運、社運、政治選戰等動盪下，已全然忘記所讀杜詩。也因讀書不求甚解，亦無明師指教，當時只覺杜詩與格律詩已無法與新時代新詩新的語言比肩，心中的不滿與不平只能用口語白話的長篇敘事詩才能暢言。四十年過去了，再從詩經讀至杜詩，已是另一番感受，又此約束自己試寫了近三百首〈五五詩體〉，想來不禁唏噓，只能應悉人生起伏人心無常，謹慎順應自然規律。文學作品中詩較適合直接批判與歌頌，在革命的時代與追求愛情時更具優勢，但是批判或歌頌也應能使人有感，使人可信、可敬、可愛，即真善美。寫詩的動機與意義，不管是內省的個人主義，還是外察的寫實主義，越來越覺得都只是在教化自己或能感化別人，猶如做田與坐禪，願有志者互勵互勉。

　　茲將大陸著名詩人舒婷的先生、在大陸詩壇具有份量的詩評家，並早涉臺灣詩壇的陳仲義在其最新力作〈激弦繁響幾多重——臺灣重點詩人論〉裡對我的評論附錄於集後，以為參考。

附錄　從西瓜寮到腐殖層
——詹澈詩歌變化及其「五五體」

陳仲義

一、西瓜寮「守夜」

　　《詹澈詩選》（2010年新地文學出版）是作者25年間的集萃，共收入100多首詩歌，分為6輯。臺灣的鄉土寫作，多雲集於各報刊與《笠》詩社，除此之外，擁有大中華情結的土地詩寫，且數十年如一日者，所剩不多，詹澈是其中的一位，尤顯可貴。有意思的是，比他大十歲的學長吳晟（同出屏東農專），扛鼎鄉土大纛的詩風清實朗健，一路走來；兩者創作軌跡頗多相似，我們在詹澈的身上，看到了血脈承續的發揚光大。詹澈起步於七十年代末，嚴格說在九十年代之前，基本還是屬於熱身階段。不做晚成的探究，其打動人之處，是潮起潮落，東風西風，「我自巋然不動」，依然執著地「走在鄉間的小道上」。他無意過多皈依現代意象思維，樂於起用樸實平白的語像：斗笠、蓑衣、稻草人的呼告，成全了他得心應手的「書信體」；防風林、山地娘、地瓜秧的絮叨，做成了施展敘事性的「家常飯」。在壓抑的歲月，作為土地與海岸的子民、鳳梨與木瓜的代言，他義不容辭地書

寫村民的逼仄、苦難，用農家的底色，血性的仗義，裹滿激憤與憂慮，籲求民主平等。一步一個腳印，沉著、扎實，從不打滑，甚或有點笨拙。風雨中堅持不懈的山地長跑，朝著既定目標。剛寫出《手的歷史》（1986）、旋即點亮《海岸燈火》（1995），立馬又率領《海浪與河流的隊伍》（2003），浩浩蕩蕩，一如指揮萬人漁農大遊行。苦難至《餘燼再生》（2008），平淡如《下棋與下田》（2012），為民請命的理想，化作一行行告白。1.65米的瘦小身軀，經常噴射出如此熾烈的弧光：「土地，請站起來和樓房比比高低，／請站起來說話呀！／請向上天質問，／農民，是不是大地上，／最原始，最悲慘的人群？！」觸發基本的人權良知，引動深厚的家國情懷：「誰願意把傷口再分割成左右／用農民的血清做抗體」，一種相當堅定而清醒的體認。「海洋和陸地的民族／以海浪的靈魂／不要柵欄的生活／生命在陸地上搖動／生根」。穩定的根性表白，代表時代不可抗拒的潮流。即便在卑南溪出海口，那一點〈頑石〉，也「像一顆紐扣／緊扣兩邊的衣領」，成為兩岸民眾的情感樞紐。當理想的政治呼告告一段落，他開始潛入整個西瓜寮系列和東海岸系列的深處。西瓜情結，在蔓引株求的「光照」下，接連斬獲收成。這是因為多年的生存困頓、底層摸爬、命運沉思，在生死與共的物件化中，統統化為生命的豐滿與欠缺：「看見自己的影子縮成一塊石頭／看見剛受孕就凋萎了／毫無牽掛和執著的西瓜的雌花／飄揚著數以億計／肉眼看不見的塵埃和花粉」。進入西瓜寮，他儲滿生活的歎息，歎息像

蠶一樣地吐絲，那是關於〈支票與神符的討論〉、關於〈子彈與稻穗〉的擔憂；走出西瓜寮，他面向石頭和霧氣，吟詠〈星空的質疑〉。當然，也時有〈向月光坦白的傷痕〉以及〈影子在堤防邊閃了腰〉的情趣，這一切，都深深根植於那片遮風擋雨的土地。東海岸，則是詹澈詩歌另一搖籃。如果說，西瓜寮給予最初「點」的深入，那麼漫漫海岸線則帶來「面」的開採。水的胎記、島的肚臍、海的鼻尖和黑痣，以及河流的隊伍，海岸峭壁出鞘的刀……不啻簡單的速寫素描。同根同源的方塊字，溢出地緣文化的悠遠回聲，又滿載主體意志、精神品質的合一。在神話傳說中，〈八仙洞〉、〈鳥石鼻〉、〈三仙台〉、〈琵琶湖〉，吞吐著偌大的歷史容量：「比赭紅還紅的血跡」，塗抹在〈台東赤壁〉，流露出英雄氣概的憑弔；「海岸線像母親的妊娠紋」，把〈陸連島〉的母體餘韻，蕩漾到現實的深處；「一切的峰頂，從初生向死亡琢磨」，一再〈問鼎玉山〉，是為了表達某種人生高度的哲理；而「風要從夜海深處摩擦出黃金」，是充滿想像的夙願還是寄寓多年的願景……質而言之，東海岸系列，已經脫開了早中期西瓜寮系列——斗笠般的「型構」，而加入了「地方誌」的藝術充實。新禧之後，在西瓜寮和東海岸的產床上，詩人再孵化出〈蘭嶼祝禱詞〉系列，那是番薯藤與珊瑚礁的混交，沙質土與銀飛魚的和聲。迷你豬．頭髮舞、鹽和糖、紅梗水芋、棋盤腳樹……他把種族、生活、祈願，以「年輪」的擴張形式播撒。未死的珊瑚，是「人類凹陷下去的腳印」，壘起的海沙屋，是「後現代的牢房」；蘆

葦的每一次死，都教小島年輕一次；每一把火光下，都住有祖靈的根；與其說，帶波紋的小鳳蝶「拉著彎曲的海流／拉著逐漸上升的海拔」是激情四溢的歌吟，莫如說是對民族精神的張揚；而屏風一樣排列的飛魚乾——憤怒的裂齒和空眼，實則晾成了弱小族群的祭文。凡此，西瓜寮與東海岸，形成了地緣文化與族群文化相結合的特色。這樣，我們的詹澈就不再是單純的吳晟了，或帶著吳晟影子的詹澈。血肉與泥土的真情、淳樸人格，人格與詩品的統合，有別於兄長的「青出於藍」，在文化根性上的闊展與對現代生存感的切近，一個詩人開始成熟起來了。

二、敘情性成熟

　　成熟意味著較高的辨識度。從簡介知道，[1]詹澈的遭際足以用長篇小說來容納，故蕭蕭說他所面對的環境：彰化－台東－臺北－台東，有著重大的遷移事實。他所面對的時代：農業時代－工業時代－後工業時代，佃農－農權運動者－政府官員，有著巨大的變異史實。他所面對的種族：彰化地區的河洛人與客家人－台東地區的新移民老兵與原住民－蘭嶼的達悟族，有著極大的改易現實，由此獲取與眾不同的優勢資源與立足點。[2]意猶未盡，蕭蕭在後來的一篇序言裡，斗膽抬出墨子模擬。墨子作為春秋戰國時期偉大的哲學思想家，創立墨派學說，其中不乏對農民出身的詹澈在理念實踐產生重大影響，詹澈也不乏在（平等、群體、救世、擇務、創造、力行）方面，效尤先賢。[3]評價詹澈

「效尤先賢」，沒有錯，但以醒目的標題做出「詹澈，現代墨翟」的「比肩」，是不是有失分寸？客觀而平實地說，詹澈雖多染指民運黨運，但始終還是與農耕、農運、農改保持「三位一體」的本色，這才是他的根本面目，這也是詹澈區別於臺灣都市詩人、新古典詩人、超現實詩人、海洋詩人、浪子詩人、學院詩人、皮骨肉詩人、魔怪詩人、腹語術詩人、壯陽譜詩人、遊戲詩人、跨界詩人……的分界，這是獨特生活的饋贈與命運使然。許多詩人不屑於寫實主義，認為過於簡單粗陋，其實是個大誤解。主義不重要，重要的是，你是否能拿出標籤下最有分量的乾貨。農耕、農運、農改全方位經歷帶出鄉土、草根的絕對成色，必然構成寫實的全面驅動與展開。這一源頭當可追溯到百年前劉半農〈相隔一層紙〉（1917）、劉大白〈賣布謠〉（1920），及至後來的臧克家、田間、艾青。國難當頭、群族爭鬥，這樣的寫實怎麼可能不與政治、社會、歷史、組織產生千絲萬縷的聯繫？躲進小樓成一統根本行不通。存在決定意識，不可否認，全身的基因、遺傳密碼、與稻桿一起倒下的骨骼，同韌帶一起重生的瓜藤，經由詩性心靈的耦合，形成引蔓求株的長勢且如魚得水。許多人不能寫的題材，他寫（〈貧農洪梅〉）；許多人不屑寫的事物，他寫（〈西瓜苗〉）；許多人不願碰及的心病，他寫（〈絲鳥〉）；許多人盲視的東西，他能看見（〈蚊影或牛筋草〉）。在現實主義「老舊」的槍管上，他安裝的不是消音器，而是加長了來福線，增大了彈道口。9.21大地震，他藉災情，警示發昏的當局，〈當兩種夢正在

成熟〉：「在無法預測的未來／純樸的大地和人民／需要片刻寧靜，思考長久的和平」；南韓北朝鮮領袖握手了，他藉歷史性破冰，映射兩岸的統一：「雙手互握的剎那／／應該感覺熱流傳導至對方的心房／心中有烈火燃燒／只會增加金的純度」。這類作品，不可避免帶上意識形態色調，卻是符合歷史趨勢與人心向背。這正是詹澈在台島詩界的「稀有」性：始終持有大中國詩觀及漢語家園意識，企求將此在的家與彼在的家整合為一，而摒棄狹隘的族群意識以及愈演愈烈的所謂本土化思潮，其超越時代局限的遠大胸懷，已成為其詩歌精神的標誌。【4】自然，與政治過分捆綁，經常會出現直截式吶喊，有時顧不上「掩飾」或做藝術「化解」。其實在處理意識形態、處理兩岸關係問題，還有千萬條通向羅馬的道路。當詩人詹澈放棄急切、焦慮的表達衝動，淡化長久堅固的意識理念，轉而在人情隱秘的惻隱之處，覓得一絲縫隙，那種無技巧中的機巧，就汩汩流瀉出來，清新而得體，像〈坐在共認的版圖上──致沈奇〉：「坐在共認的，共震的版圖上／最靠近曙光和海浪的東海岸／我們，卻是山裡來的孩子／不想埋骨在深山／也不想在海上隨波逐流／坐在地球邊緣／在秋分和重陽之間／看見一朵雲散發異彩／形似飛天女神，從敦煌壁畫飛出／拉著一條細細的絲線／一條逐漸放大的絲路／經過你的故鄉西安／飛向太平洋／把泡沫和陽光留在口袋／把海沙和海浪裝入行李／回去種植，像肥料或鹽一樣撒下去／在會下雪的大地／記憶開始發芽／例如陽光生長著影子／詩生長著詩論」。詹澈的淳樸、篤實，拒絕遊

戲，平民語調，充滿真誠、坦蕩。不事拐彎抹角，不適深度意象，也不太做隱喻象徵。從一開始，不管捲入《春風》、《夏潮》抑或《鼓聲》、《草根》，其背後都彷彿躍動著笠詩社長長的「即物」之手，直取物象核心。下面是物象思維與物語表現的典型段落：「番薯又名地瓜，旋花科／生存力強，耐乾、耐旱／沙地、荒地可生長／在黑暗中長大／被逃難的腳踐踏／又去餵逃難人的肚子」──〈寫給祖父和曾祖父的詩〉可以歸入「即物主義」的探求，也可以當作是一種「詩性現實」。即物首先是對物件採取近視直觀態度，一種「貼身緊逼」的直觀手法。它要求一下子抓住物件最突出的特徵屬性，和盤托出，保持原來面目。而後再以純然本真的語詞進行固化，去除修辭造作，防止主觀濫情，達成「格物致知」。的確，「明月松間照，清泉石上流」就永遠代表著詩歌「清水芙蓉」的一面。不同的是，詹澈無意也無緣於隱逸，而是直面慘澹現實，以物象、物語告白人生，同時，擴大「敘情」成分或拉長「敘情」的基調。所謂敘情是以敘述性為主，抒情為輔的綜合方式。敘述帶動場景、情節、事件、細節（完整的或碎片的），並夾雜抒情元素，相對減少抒情成分而有益增大詩作容量。上述地瓜物象在與父老前輩影像疊加中，就迅速移植為日常詩性。不難看出，物象、物語可入達利魔幻的畫面。當然，這只是偶爾出格，改變不了整體切實、務實的處事；不事雕琢的作風，與他泥手泥腳考察福壽螺一脈相承。即便有時不免粗糙，不太講究技藝，但他的誠懇、真切、他的愛憎分明，藉敘事以抒情的「敘情」

基調、左翼波普色彩，使得臺灣真正的鄉土寫作，不自囿於孤島意識，而有著開闊前景。在寫實精神越來越稀薄的區域，他的草根、在地、家國情懷，他的憂國憂民、底層經驗，曉暢抱樸的詩風，不諱、不忌、不憚。蕭蕭曾授予他「詹澈──現代墨翟」的封號，最好還是回歸到詩人本位上，不妨改為：臺灣──臧克家的「傳人」，或許更為貼實一些？在臺灣現實主義的詩寫維度中，詹澈立起了一塊重要地標。

三，腐殖層發酵

　　沈奇曾經指出，因強烈的意識形態情結和載道意識的促迫，詹澈的詩歌創作，長期在思與言的矛盾衝突中擺盪，難以順暢抵達藝術上的完善，導致詩質比較稀薄。[5] 但隨著時間推移與他穩定前行，人們就得摘下有色眼鏡了。假令說「西瓜寮」（1998年，元尊文化版）孵化出詹澈第一次突破，全面清除發聲期過於直白、鬆散和累贅，把原汁原味的草根、原鄉、在地精神、元素，熔鑄成有模有樣的鄉土知音。那麼，經過二十年腐殖層深化，到了《發酵》（2017年，北京／光明日報版；2018年，台北／秀威版）階段，則漸成獨此一家的「詹記」，可謂水到渠成。除了熟絡的三大對象：本省籍農民、原住民、外省老兵；一以貫之的題材：歷史／現實、戰爭／和平、彼岸／此岸、城鎮／鄉村、貧困／富裕、物質／文明、發展／生態等還在不斷拓展，詩人開始減弱對宏大事物的直接「敘情」，轉而在細小事物上「把

捉」，這是藝術突破的起點。「他一面翻動一面嚼檳榔／久不聞其臭，彷彿聞著香氣，像是吃臭豆腐／像食物在胃裡消化，各種微生物／像麵粉揉成麵團蒸成饅頭，白米蒸成紅發粿。」把個《發酵》過程的陰暗面全部顛覆過來，四種食品細節，簡直讓旮旯之角的腐殖土，變成色香味俱全的盛宴，這在詹澈以往的作品真是難得一見。〈女裁縫的二胡〉，多麼美妙的二重奏：腳踩縫紉機，想起插秧機嚓嚓前進的聲音；秧苗插進泥土，她壓平針腳上下的布面。鄉村與城市的關係「一台是老式的腳踩機，一台是新式的電動針織機」。透過貼切形象的比喻，感受詩人對時空轉化與駕馭的圓熟。〈調整果枝〉寫道：「這枝條，像弓弦，不能太鬆也不能太緊」，詩人將修剪枝條定調為人際關係中的「均衡」，用心處理，勿急勿緩；也像生態環境，求取和諧平衡，處處藉細微農事而做人生思考。〈思考蹲坑〉：「從蹲式便池到坐式馬桶」──一個日常細微動作的演變，引發詩人深入掂量：在現代文明席捲的世界，遍佈生活各個角落後，人們是否還要重溫「蹲」的意涵：保留尊嚴、平等與耐性？還有，「當城市伸展四肢向鄉村擠壓／鄉村是變高了還是變瘦了，高速公路穿心而過」（〈另一對鄰居〉），憂慮現代性帶來不可避免的負面。還有，雞們狗們小黑們，它們的驚叫，常常以詩的考題提示我「如何在饑餓中保持清醒」（〈追逐的叫聲〉），時時不忘自我磨礪與修為。其中，〈這也是一種節奏〉，同《發酵》一樣，是此階段繞不過的力作：「父親要蹲下去挑西瓜時，我拋給他一個，／他抬頭順手接住，影子

壓在他的扁擔／沒有重量的，像他背後山上的雲／他彷彿要
挑起那兩堆烏雲／挑起烏雲下的兩個饅頭狀的山巒／他放下
扁擔，看著我，想說什麼／西瓜園又在他四周擴散出一畦畦
瓜葉的漣漪／像他微笑的皺紋，今年，價格與產量還好／價
格與產量，像扁擔挑著兩個空籮筐／要怎麼在心理平衡，我
們沒法支配／但我們知道，挑起西瓜時的平衡／右手在前緊
握前繩，拇指向內，固定雙肩距離／左手像後緊抓後繩，掌
心向外，調整方向／雙臂保持半垂的八字與S形／用八寸丁
字步，固定步伐向前走／扁擔，用老成麻竹削成彈性與韌性
／一步一搖，一步一搖，扁擔有節奏地起伏／老麻竹的韌
性，有時會發出細細的吱吱的聲音／像地底蟋蟀振翅或樹梢
上的蟬鳴，或深夜的雨滴／或是自己身體深處骨骼關節摩擦
的聲音／汗水與身垢在扁擔中間磨出一節黑油黑油的顏色／
與麻竹的味道糅合著，有粽子煮熟的香味／它也是一種節
奏，如季節那樣有聲有色；當我彈著／自學自唱的吉他，想
起父親去世前西瓜寮／吃鐵盒便當時，筷子碰觸鐵盒叮叮噹
當的聲音。」第一段聚焦在一個「挑」字的動態上，經過
「前準備」（蹲、拋、接、壓的熱身），構成挑的輕（雲）
與重（山）的對比，給出一種生活既沉重又不乏輕鬆的「晃
悠」節奏。第二段承接生活重擔下的心理：茫然困擾（價格
與產量擺蕩所致），外顯為瓜葉漣漪和嘴角皺紋交織的苦
澀，有如挑著兩個空竹籃的不平衡，是相當出色的心理描
繪。第三段，表面上大講挑的精準姿勢：手臂、指法、腰
身、步態所合成的「節奏」，實質上暗指如何在歉收、虧

損、落難中保持某種平衡（感覺原來比較古板的詹澈，現在變得聰明多了）。第四段，以老麻竹扁擔發出細細的吱吱聲，聯想四種聲音（蟋蟀振翅、蟬鳴、深夜雨滴、關節摩擦），一起指向韌性的節奏，顯然詹澈採用了博喻與轉喻的方式。第五段，繼續進入扁擔的細節：黑油的色澤、熟粽子的味道，由此勾起彈唱吉他，與父親同吃盒飯，筷子碰觸便當叮噹作響的情景，一幅苦中作樂的畫面油然而生。整首詩主旨鮮明，血肉豐滿，富有層次，意韻悠長。抓住日常農耕生活一個經典動作，連帶它的工具（扁擔）與效果（節奏），投射出對生活的理解。隱去從前直來直去的宣洩、強烈有餘含蓄不足，在浸透細節化的感性體驗中，豐沛的主體性把對生活、生存、親情的領悟，巧妙融化在文本經緯中，從容而淡定。尤其讓人感佩，五段展開式，輕鬆地把一個抽象的節奏寫得質感十足，且細化為五種形態——晃悠的自然節奏、壓力下的停滯節奏、保持心理平衡的節奏、品格堅韌的節奏，以及溫馨的生活節奏。節奏代表一種生活、一種人生。祝賀詹澈這一長足進步。及至晚近，詹澈又上了一個臺階，〈歸鄉與鄉愁——焚祭余光中教授〉：「當時，你彷彿是從西子灣海岸徒步走來／拉縴著一條帶鹽味的詩線，來到我居住的東海岸／與黃昏一起坐在都蘭灣／從東海岸山脈向北，右邊／是菲律賓海底板塊南島語系／左邊，是歐亞大陸板塊中華文明河洛古音／我們在兩種意識形態之間比肩合照，喀嚓一聲／身後升高的海浪已濺出泛黃的相片／記憶與人影模糊如浮水印，其實你了然／其時我中年的額頭已印記

中午透紅的思想／你已鶴頂白髮，似養尊學優的翰林仙翁／但我心中有一塊陰影沉堵，對你欲言又止／從都蘭山遙見綠島——這火燒島的夕陽不甘熄滅／不甘熄滅的火絲燃燒著他發上離離的芒草／在歷史反面，他站在牢房外看著牢房中的自己／他比你先走一步了，彷彿比你先知後覺／應能寬恕諒解眾多人間的錯位與誤解／在冷戰的年代，我們都是歷史夾縫的溪流／訴說著兩種意識形態裡兩岸的悲歌／他的歸鄉你的鄉愁，已落下了一個時代的帷幕／我向他敬禮也合掌祈願你安息／蓮的聯想與鈴璫花，在山路與沙田／原鄉人的血液只有回到原鄉才會沸騰／曾經氾濫的鄉愁，在這個又圍起堤防的島上／會被醃在龜裂的甕罐裡發黴／還是會被釀成發酸的酒糟／自由的海浪繼續在不自由的海岸雀躍喧騰／自由的靈魂離開肉體的牢房也不一定自由／相信你們已看見人類的原鄉，我乃奔忙徒途／在夜行貨車裡貼近車窗窺視望鄉的牧神。」全詩寫得情真意切，是詹澈詩中的上品。思緒中的左右、東西、你我、內外矛盾碰撞，比之過往的單純、線性發展，有了相濟相生的糾葛，不能不讓人刮目相看。

四、「五五體」商榷

《發酵》詩集除了貢獻一份藝術長進成績單，詹澈還實驗他的「五五體」（5×5行）。五五體的初衷，是基於為自己常寫長詩尋找一個比較固定的「方框」：為新詩的靈魂尋找一個健康適當的身體，為其身體裁製一件適身的衣服，為創作旅途找一個安住的旅店。[6] 甫一出手，詹澈立刻受

到嘉獎。2018年第1期《世界華文文學論壇》刊發兩篇文章。一篇是謝冕的支持：「這一詩體在從容有序中貯藏和蘊蓄更多的內涵，充分的鮮明的中國元素使它豐腴而蘊藉，它維護了詩歌的節奏感，是文化中國的一次認真的詩歌實踐。從效果看，詹澈這一謹慎而認真的『試寫』是值得肯定的。」[7] 從中我們可以讀到謝冕老師全力支持的立場與態度。另一篇是王珂，更是大加點讚：大致做到「節的勻稱」和「句的均齊」，像賦的「鋪陳揚厲」，可稱為「賦體新詩」。可以讓詩人很灑脫地狀物寫情，詩句的容量大大增加，詩情也隨著語言的鋪陳得到巨大的增殖。這種「匠心」的「獨具」性和「苦心」的「經營」性，在當今詩壇都是少有的。詹澈的「五五詩體」正是王爾德所言的「極力鋪陳的一種強烈形式」，也是一種頗為成功的「形式」。值得讚揚，也值得推廣。[8] 作為王珂二十年的朋友，本著負責態度，不諱情面，首先要對這篇論文的全面肯定潑點冷水。論文主旨既然是論詹澈五五詩體，我們有理由期待充分的論證：五五體何以能脫穎為成功形式，其叫人信服的理據何在；五五體的優勢與長處我們需要進一步瞭解；五五體在與其他詩體比較中，是否完全成熟或有待進一步改進？然洋洋一萬一千多字論文，有十分之五的篇幅（五多千字）是用來論述百年新詩體；有十分之三的篇幅（三千字）是用來論述臺灣詩體的。大概最後只剩下兩千多字，才正式涉及五五體。如此頭重腳輕，豈不自證底氣有點欠佳？不管頭重腳輕還是避重就輕，或者不適當的誇大其詞，都會讓人們對五五體另有想法。下面，我

們做下推敲。「五五詩體」即每首詩五段，每段五行，不超過五百字，不押韻，五段中或五行中可各作起承轉合或變與易，在整首詩的第三段較好轉易，或第三段第三行可做詩眼軸轉，虛轉實、情轉境、境轉意、哀轉怒等，配合木火土金水、東西南北中、喜怒哀樂悔、貪嗔癡慢妒、春夏秋冬、七情六欲、五官六識等等。【9】題為〈試寫「五五詩體」〉的後記，應該說詹澈自己還是比較謙虛的，多年實驗一直以「試寫」謹慎自稱。他心裡清楚，成功創造一種詩體，得走多少回蜀道。

五五體的內涵明擺著：其一，以「金木水火土」作為立論基礎，這樣的立足何其雄厚：遠溯《尚書》的九疇（禹治天下的九類大法）之首便是「五行」，而九州華夏所通行的語用模式也多以五行當道，如此文化哲學根底可謂固若金湯也，於是5行×5行的體式便應運而生。但且慢，「金木水火土」的最大屬性，是它們之間相克相生、相激相蕩、互放互束、互沖互和的纏繞性結構。嚴格的說，5行×5行的詩體還很少體現「五行」的內在實質。這樣詩體，是不是讓人有些「空殼」「外在」的感覺？為尋求外觀上的統一而勉為其難地外在於冠名呢？詩人解釋說，「五五」分別對應了人的五蘊五欲、五常五官，以及宇宙自然的五種元素。世界上能夠產生對應的數位多著呢。從源遠流長的《洪範九疇》抽取9，不是可以製作9×2=18行、9×3=27行……的格式嗎；從「三生萬物」的原則出發，可以繼續製作數倍於3的6行、3的12行、3的24行……的遠航；從八卦的8出發，整出完善的

8×8=64行，同樣輕而易舉。故依據深厚的「語用模式」，抽取某種「數字」進行演繹，徒有簡單的表面形態，缺乏堅實的內在邏輯基礎，抬得再高的成功詩體，都可能陷入孤家寡人而最終流產。其二，五五體最突出點，是規劃第三段以及第三段第三行作為「轉折」所用。事實上，這不能說上是什麼特點，因為轉折在任何詩作中可說無所不在，到處可見。所謂的轉折，打扮得再機智再巧妙，也逃不過咱老祖宗那個「起承轉合」的如來手掌，談何特色？！進一步追問，除了「轉折」關係之外，難道就沒有建立起其他關係空間的可能性嗎？（諸如因果、條件、連鎖關係等）。這樣一來，過於寬泛的「無規定性」，怎麼可能一下子就造就出一種成熟詩體呢？眾所周知，堅固不朽的詩體是建立在其內在必然性的，典型如四句體（起承轉合符合事物發展規律，無法撼動，所以「絕律」天長地久），其次是具備獨特規定性：文藝復興時期的「彼得拉克體」，是按四、四、三、三行排序的，每行固定十一個音節。莎士比亞改為四、四、四、二編排，押韻格式為ABAB，CDCD，EFEF，GG，自然也長久不衰；日本俳句起源於十五世紀，它嚴格遵守兩個規則：①由五、七、五三行十七個字母組成。②句中必有一個表示春、夏、秋、冬及新年的季節用語。再回看當下有人寫的「新絕句」，在雷打不動的四行裡，由「一二·二二、三一、四○」組成四種格式，且規定一行中由三個短語短句綴合。看起來也比五五體來得嚴格一些，但就是這種粗放的「新絕句」，要獲得公眾認可，還要走很長的路，不可能一蹴而就

的。同時叫人擔憂，在相對偏大的容器裡，本來該壓縮的部分行數，因體量不夠而容易釀成「泡水」，本來需要減肥的，卻為「湊數」不自覺放棄減肥。而詩，本來就是減法的藝術！再說，既然金木水火土五行未能給出內在的關聯性，那麼與之相鄰的體式——比如五四體、四五體、五六體、六五體，有什麼理由不揭竿起義，紛紛出籠呢？可是，都出籠呢，豈不是漫天下，都變成「無詩不體」、「無體不詩」的氾濫？我想還是謹慎再謹慎一些為好。起承轉合主要是一種線性結構，四種要素分別對應四行的體式，內形式與外形式高度和諧統一，雙方都容易安家落戶，相安無事，更是通行無阻；而金木水火土是一種非線性的關係結構，五種元素之間充滿複雜的糾纏性，內形式與外形式很難取得高度和諧統一。最終我們看到的可能是一種假象：每次外形式的五行外表，都穿戴得齊齊整整，或錯落有致，從未被捽下，但內形式的五種元素，多數時候只是兩種元素間的表演。原諒區區過於苛刻與追逼。對於批評家來說，防止因應鼓勵大膽實驗而草率高抬，對於詩人來講，無數碰壁之後仍需重聚不憚打擊的勇氣與堅忍不拔的智慧。詹澈，試寫「五五體」，任重而道遠。

——本文原刊於2021年9月《作家雜誌》

【1】詹澈，本名詹朝立，1954年生於彰化縣溪洲鄉西畔村。1959年因「八七」水災舉家移墾台東。畢業於省立屏東農專農藝科。曾任臺灣農運發起人、農盟副主席、農漁民自救會辦公室主任。2002年任「與農共生」12萬農漁民大遊行總指揮，2006年任臺灣「百萬人民反貪腐運動」紅衫軍副總指揮等。後轉入農事與寫作。著有《發酵》詩集等10部。被稱為臺灣左翼詩人。多次獲獎。

【2】蕭蕭：〈詹澈：用革命的態度對待現實〉，《世界華文文學論壇》2005年第4期。

【3】蕭蕭：〈詹澈，現代墨翟〉，《下棋與下田》序言，（台）人間出版社2012年版。

【4】朱立立、楊婷婷：〈臺灣左翼詩人詹澈創作論〉，《華文文學》2016年期。

【5】沈奇：〈赤子情懷與裸體的太陽——論詹澈〉，《詩探索》2009年第1輯。

【6】詹澈：《發酵》後記，光明日報出版社，2017年版，第177頁。

【7】謝冕：〈詹澈的詩體實驗〉，《世界華文文學論壇》，2018年第1期。

【8】王珂：〈現代漢詩的現代詩體的成功實驗——論詹澈的「五五詩體」〉，《世界華文文學論壇》2018年第1期。

【9】詹澈：《發酵》後記，光明日報出版社，2017年版，第179頁。

語言文學類　PG2897　秀詩人111

方寸之地
——五五詩體一百首

作　　者／詹　澈
責任編輯／石書豪
圖文排版／黃莉珊
封面設計／吳咏潔

發 行 人／宋政坤
法律顧問／毛國樑　律師
出版發行／秀威資訊科技股份有限公司
　　　　　114台北市內湖區瑞光路76巷65號1樓
　　　　　電話：+886-2-2796-3638　傳真：+886-2-2796-1377
　　　　　http://www.showwe.com.tw
劃撥帳號／19563868　戶名：秀威資訊科技股份有限公司
　　　　　讀者服務信箱：service@showwe.com.tw
展售門市／國家書店（松江門市）
　　　　　104台北市中山區松江路209號1樓
　　　　　電話：+886-2-2518-0207　傳真：+886-2-2518-0778
網路訂購／秀威網路書店：https://store.showwe.tw
　　　　　國家網路書店：https://www.govbooks.com.tw

2023年6月　BOD一版
定價：350元
版權所有　翻印必究
本書如有缺頁、破損或裝訂錯誤，請寄回更換

讀者回函卡

國家圖書館出版品預行編目

方寸之地：五五詩體一百首 / 詹澈著. -- 一版.
-- 臺北市：秀威資訊科技股份有限公司,
2023.06
面；　公分. -- (秀詩人)
BOD版
ISBN 978-626-7187-90-6(平裝)

863.51   112006584